Karen Hesse

Nennt mich einfach Jule

© 1992 Cheryl Liston

Karen Hesse wurde in Baltimore, Maryland, geboren. Als junges Mädchen träumte sie davon, Archäologin, Botschafterin, Schauspielerin oder Schriftstellerin zu werden. Sie studierte Theaterwissenschaft, Englisch, Psychologie und Anthropologie. Nach dem Studium arbeitete sie als Kellnerin, Kinderfrau, Lehrerin, Bibliothekarin, in der Werbung und in der Landwirtschaft sowie in vielen anderen Jobs, bevor ihr Jugendtraum wahr wurde und sie sich als Autorin einen Namen machen konnte. Heute lebt sie mit ihrem Mann und zwei Töchtern in Vermont. Für ihre Kinder- und Jugendromane wurde sie mehrfach ausgezeichnet.
Weitere Titel von Karen Hesse bei dtv junior: siehe Seite 4

Karen Hesse

Nennt mich einfach Jule

Aus dem Amerikanischen von Heike Brandt
Mit Zeichnungen von Heike Vogel

Deutscher Taschenbuch Verlag

Von Karen Hesse sind außerdem bei dtv junior lieferbar:
Denn ich höre die Delphine rufen, dtv junior extra 70542
Phoenix Rising, dtv pocket 78118

Deutsche Erstausgabe
In neuer Rechtschreibung
Mai 2000
Deutscher Taschenbuch Verlag GmbH & Co. KG,
München
www.dtvjunior.de

Published by arrangement with Scholastic Inc.
Titel der amerikanischen Originalausgabe:
›Just Juice‹, 1998 erschienen bei Scholastic Press, a division
of Scholastic Inc., New York

Umschlagbild: Heike Vogel
Gesetzt aus der Baskerville 12/14˙
Gesamtherstellung: Kösel, Kempten (www.KoeselBuch.de)
Printed in Germany · ISBN 3-423-70589-2

Für Kate – einfach Kate

Braune Papiertüten

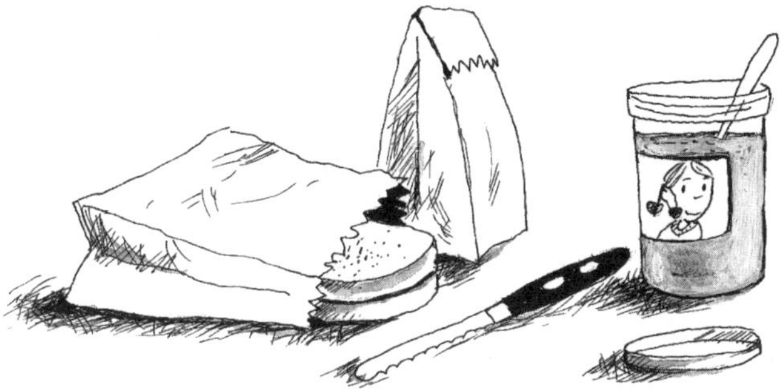

Wo ist Jule?«, fragt Ma und streicht die Marmelade so dünn auf die Weißbrotscheiben, dass kaum was Rotes zu sehen ist. »Wenn sie sich heute nicht in die Schule bequemt, wird Wachtmeister Rusk hier aufkreuzen, bevor ich mit dem Frühstücksgeschirr fertig bin.«

»Der kann ruhig kommen, Ma«, sagt Charleen. »Er findet Jule nicht, und selbst wenn, dann kann er sie nicht zwingen in der Schule zu bleiben. Höchstens, wenn er sie an Miss Hambles Schreibtisch bindet.«

Ich habe mich draußen versteckt, auf der hinteren Veranda, und beobachte die anderen durchs Fenster. Meine Finger liegen auf dem rauen Holz. Markey, meine älteste Schwester, guckt zu mir raus. Aber sie verrät mit keiner Silbe, wo ich wohl stecke.

Hinter mir taucht die aufgehende Sonne die Bäume in gelbes Licht. Die Stille tut gut.

Ich mache mir nicht viel aus Schule, und die Schule, na, die macht sich noch viel weniger aus mir. Ich müsste in der vierten Klasse sein. Aber meine alte Lehrerin, Mrs Deal, die hat gesagt, ich hätte mir nicht genug Mühe gegeben, darum müsste ich zurückbleiben. Das hat Mrs Deal aber nicht davon abgehalten, mit den anderen Kindern in die nächste Klasse zu wechseln. Mich haben sie bei der neuen Lehrerin gelassen, bei Miss Hamble.

Also gehe ich nicht oft zur Schule. Tagsüber bin ich meistens mit Pa zusammen, wir gehen spazieren. Seit Pa keine Arbeit mehr hat, geht er viel spazieren. Mit ihm zusammen zu sein ist sowieso mächtig viel besser als Schule.

Ma legt je ein Brot in unsere drei Papiertüten und faltet sie oben zu. Mir gefallen die sorgfältigen Falten. Wenn ich mittags die Tüte aufmache, dann ist das so, als ob ich ein Weihnachtsgeschenk aufmache. Selbst nachdem ich die Tüte eine Woche lang benutzt habe und das Papier so schlapp ist wie ein Wischlappen, mache ich sie immer noch gerne auf, um das Marmeladenbrot rauszuholen. Und mir gefällt, dass Ma mir jeden Morgen ein Brot einpackt, auch wenn ich das

Brot gar nicht mittags in der Schule esse, wie sie es hofft.

»Jule«, ruft Ma leise und reckt ihr rundes Gesicht hoch zum Lüftungsgitter an der Decke. Sie denkt, ich bin dort oben, in dem kleinen Zimmer, das ich mir mit meinen vier Schwestern teile. »Komm runter, Schatz.«

Ich springe von der hinteren Veranda und flitze ums Haus. Leise schlüpfe ich durch die Haustür, husche den Flur entlang, bis ich bei Ma und meinen Schwestern in der Küche bin.

Krabbe ist die Jüngste, sie ist knapp über zwei und hat ganz viele rote Wuschellocken auf dem Kopf. Dann kommt Lulu. Lulu hat schwarze Haare und blaue Augen wie ich. Ma sagt, Lulu ist vier und geht auf die vierzig zu, und manchmal denke ich, sie hat Recht damit. Meine beiden kleinen Schwestern sitzen unter dem Küchentisch. Lulu guckt mit Krabbe unser Bilderbuch von dem Jungen mit der Trommel an und tut so, als ob sie vorliest. Sie wiederholt genau das, was ich sage, wenn ich mit ihr Vorlesen spiele.

Charleen ist elf und nach Markey die Zweitälteste. Sie steht an der Küchentür. »Hey, Jule«, flüstert Charleen, als ich in die Küche schlüpfe.

»Hey«, flüstere ich.

Lulu entdeckt mich und auf ihrem Gesicht erscheint ihr schönstes Lächeln. Ich winke ihr zu.

Markey deutet auf meine Haare, ich soll sie in Ordnung bringen.

Ich bin gerade mit einem Fitz über meinem Ohr beschäftigt, da kommt Ma auf mich zu. »Jule, mein Schatz, heute gehst du in die Schule.«

Ma macht ihren Finger mit Spucke nass. Sie wischt mir einen Fleck vom Kinn. Ich recke meinen Kopf hoch und lasse Ma an mir herumputzen, so viel sie will. Das erinnert mich an die bunte Katze, wie die ihre Kätzchen wäscht, drüben auf dem Autofriedhof, wo Pa und ich manchmal hingehen.

Mein Magen knurrt, während Ma mein Gesicht mit Spucke putzt. »'tschuldigung«, sage ich und lächle. Ich lege meine Hand auf das Knurren, damit es leiser wird.

»Du hast Hunger«, sagt Ma. »Mit leerem Bauch kannst du nicht denken, Jule. Wie kann ich dich ohne Frühstück in die Schule schicken?«

Ich kann kaum glauben, dass Ma mich zu Hause bleiben lässt, bloß weil mein Magen knurrt.

Aber das hat Ma nicht vor. Sie will hoch zum Regal langen, wo eine Schachtel Kräcker steht. Aber da bekommt sie einen von ihren Schwindelanfällen und hält sich krampfhaft an der Spüle fest. Ich glaube, ihr wird immer so schwindelig, weil sie wieder ein Kind erwartet, aber ich weiß nicht – manchmal habe ich Angst, es ist was Schlimmeres.

Ma bittet Markey die Schachtel mit den Kräckern

vom Regal zu holen. In der Schachtel ist noch ein Stapel von ungefähr acht in Wachspapier eingewickelten Kräckern. Ma gibt sie mir. Ich nehme mir vier und gebe den Rest zurück. »Du musst auch essen, Ma«, sage ich.

Charleen setzt ihren Hut auf. Jeden Tag trägt sie den kleinen Hut, der schräg auf ihrem Hinterkopf sitzt. Ma hat den Hut für Charleen gemacht, hat ihn aus Stoff geflochten. Ma hat wirklich geschickte Hände. Sie webt Teppiche und flicht Körbe, die sie in der Stadt verkauft.

Charleen denkt, sie sieht aus wie das englische Mädchen im Garten, das sie mal auf einem Bild gesehen hat. Charleen sieht kein bisschen aus wie ein englisches Mädchen. Von ihren langen, dürren Füßen bis zu ihrer breiten Stirn sieht sie genauso aus wie Pa und Krabbe, rotschöpfig und dazu sommersprossig wie ein Perlhuhnei.

Ich bin erst neun, aber meine Füße und Hände sind schon doppelt so groß wie die von Charleen, sogar größer als die von Markey. Ich sehe nicht aus wie Charleen oder Markey, auch nicht wie Krabbe und fast gar nicht wie Ma und Pa. Nur Lulu und ich sehen uns ähnlich.

Aber das heißt nicht, dass wir beide nicht dazugehören. Das tun wir nämlich doch. Auch wenn wir vielleicht zu niemand sonst auf der Welt gehören, wir Faulstichs, wir gehören zusammen.

Auf halber Strecke

Ich laufe meinen Schwestern hinterher, die Tür hinaus und die Veranda hinunter. Charleen und Markey gehen langsamer, bis sie mich zwischen sich haben, so dass ich mich nicht einfach verdrücken kann, wie ich das manchmal tue. Als wir an Billy Altingers Haus vorbeigehen, macht der Hahn Theater und bei Brewster Compton springt der alte, narbige Jagdhund am Zaun hoch. Ich füttere ihn mit einem Stück Kräcker, er schluckt es, wedelt mit dem Schwanz und jiepert nach mehr.

Charleen fährt mich an. »Wieso fütterst du den Hund?«

»Hunde müssen auch essen«, sage ich.

»Kommst du heute wirklich in die Schule?«,

fragt Markey und legt im Gehen ihre Hand auf meinen Kopf.

»Möcht wohl sein«, sage ich.

Aber dann muss ich daran denken, wie schwer die Schule für mich ist. Ich muss daran denken, wie einsam Pa ist. Wir kommen an ein paar Blauhähern vorbei, die am Boden herumtrippeln. Ich werfe ihnen einen Kräckerkrümel zu und sie stürzen mit gereckten Schnäbeln darauf zu und streiten sich um das winzige Stück.

Ich werde langsamer. Bleibe stehen. »Wisst ihr«, sage ich. »Pa hat gestern Abend ganz schön traurig ausgesehen. Ich glaube nicht, dass ich heute in die Schule gehe.«

Meine Schwestern nicken. Sie verstehen, dass ich bei Pa bleibe. Pa kann manchmal so traurig werden, dass man das Gefühl kriegt, man fällt in ein Loch.

Wir kümmern uns alle um Pa. Aber ich kümmere mich am besten um ihn, das sagt sogar Ma.

»Wenn Pa Arbeit hätte…«, sagt Charleen. Und alle nicken.

Pa bleibt nie lange an einer Arbeitsstelle. Arm wie die Kirchenmäuse sind wir, behaupten jedenfalls die Frauen von der Kirche. Wegen Pa sind wir viel umgezogen. Kentucky. West Virginia. Pennsylvania. Meistens hat er im Bergbau gearbeitet, aber er hat auch andere Sachen gemacht.

Schließlich haben wir uns hier niedergelassen, in Redemption.

Vor zwei Jahren sind wir hier gelandet, und zwar wegen Großvater Faulstich, dem Vater von Pa. Das Haus gehörte Großvaters dritter Frau, Miss Jeanette. Sie ist gestorben, bevor wir eingezogen sind. Als Großvater Faulstich die Augen zugemacht hat, haben wir das Haus bekommen.

Die Leute hier behandeln uns wie Fremde. Wir kriegen nur Besuch von der Schule und von Wachtmeister Rusk, der für Schulschwänzer zuständig ist, und von der Frau, die Mas Teppiche und Hüte und Kiefernnadelkörbe in der Stadt verkauft. Aber einfach so zu Besuch kommt niemand. Wir haben Hühner, wie die meisten Leute, und einen kleinen Garten. Aber unser Leben ist hart wie eine Nuss, weil Pa überhaupt keine Arbeit hat.

Charleen linst zwischen die Zweige einer Gelbkiefer. Ein Eichhörnchen huscht am Stamm herunter und keckert.

Markey legt ihr Gesicht in Sorgenfalten. »Jule, ich finde, du solltest in die Schule gehen. Wenn du überhaupt nicht hingehst, kommst du gar nicht mehr mit.«

»Schon gut, Markey«, sage ich und poche ihr sachte mit den Fingerspitzen auf den Handrücken. »Geh einfach mit Charleen weiter. Mach dir keine Sorgen.« Die Sonne klettert durch die

Zweige des Baumes. »Ihr kommt zu spät, wenn ihr weiter trödelt«, sage ich. »Ich kehre um. Dann bin ich da, wenn Pa rauskommt.«

»Sagt er nie zu dir, du sollst in die Schule gehen?«, fragt Charleen und stößt mit dem Fuß einen Stein weg. Sie schießt mit der Seite, weil vorne schon fast ihr Zeh rausguckt.

Markey nickt. »Pa weiß, dass du nicht zu Hause sein solltest.«

»Ich brauche bloß zu sagen, in der Schule sind sie gemein zu mir, dann nimmt er meine Hand und wir gehen in die andere Richtung.«

»Hier«, sagt Markey und hält mir ihre Brottüte entgegen. »Nimm Pa mein Brot mit. Ich habe heute keinen Hunger.«

Ich werfe einen Blick auf die dürre Hand, mit der Markey mir ihre braune Papiertüte entgegenstreckt. »Du glaubst doch nicht, dass Pa dein Brot essen würde? Ehrlich, Markey, sogar wenn er von meinem Brot bloß abbeißt, guckt er noch trauriger als ein Hund an der Kette.«

Ma macht nie ein Brot für Pa. Tagsüber isst er nichts, es sei denn, ich kriege ihn dazu, dass er was von mir nimmt. Auch Ma isst nicht besonders viel, glaube ich, obwohl sie so dick ist. Sie sollte essen. Manchmal wird sie ganz komisch. Wenn wir sie dazu bringen, was zu essen, geht's ihr schnell besser. Aber Ma kann ganz schön stur sein.

Während ich auf der holprigen Straße stehen bleibe, machen sich meine Schwestern auf den Weg zur Schule, ohne mich. Ihre Schultern sind jetzt nahe beieinander, so dass die Lücke geschlossen ist, die ich gelassen habe. Die eine Hälfte von mir wünscht, ich würde mit den beiden die holprige Straße entlanggehen. Die andere Hälfte ist überglücklich, dass ich das nicht tue.

Der Brief

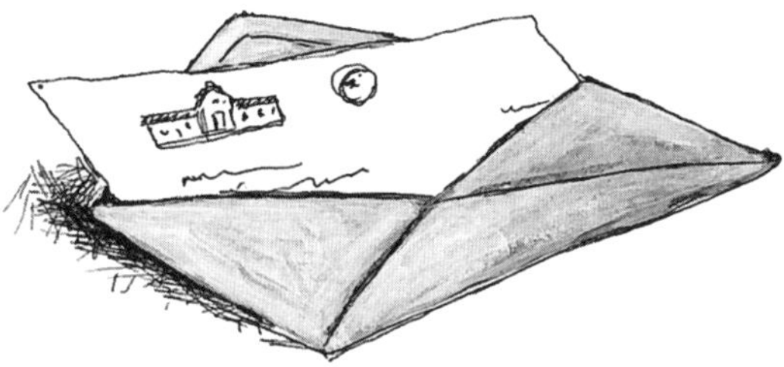

Bestimmt eine Stunde lang warte ich. Ich stöbere im Schuppen neben unserem Haus und drücke mich zwischen den großen, öligen Maschinen herum, bis Pa rauskommt. Einen Moment lang füllt seine Gestalt den Rahmen der Haustür.

Dann setzt sich Pa auf den Rand der Veranda, wo wohl früher die Treppe war.

»Morgen, Pa«, sage ich und schaue ihm ins Gesicht.

Pa sieht aus, als wäre er mir böse. Das Beste, was ich von ihm kriegen kann, ist ein kleines Zucken um seine Lippen. Als ob da irgendwo ein Lächeln steckt, das einfach nicht auf dem Gesicht erwischt werden will, nicht mal für einen Augenblick. »Morgen, Jule.«

Seine Beine reichen bis auf die harte Erde hinunter. Er fasst unter sein Hemd und fischt einen Brief heraus. Den Brief stopft er in seine Hemdtasche. »Deine Ma sagt, ich möcht ihr Kiefernnadeln sammeln, wenn ich heute draußen bin.«

Ich lasse mich auf die Knie fallen und ziehe den Korb unter der Veranda hervor.

Krabbe kommt aus der Tür gewackelt. Pas Hand wandert zu dem Brief, deckt ihn ab. Krabbe sprudelt ein Gebrabbel heraus, das keiner außer Lulu versteht. »Komm her, dass ich dich sehen kann«, ruft Mas Stimme von drinnen. Lulu kommt herausgerast, winkt mir zu, grabscht Krabbes Hand und beide laufen quieksend ins Haus zurück.

Pas Hand rutscht vom Brief auf seinen Schoß zurück. Ich drehe den Korb um und klopfe kräftig drauf, damit Erde und trockene Blätter rausfallen.

Ich nehme Pa an der Hand, ziehe ihn von der Veranda und gehe mit ihm los. Sobald ich ihn zum Gehen gebracht habe, redet er. Und sobald er redet, scheint er nicht mehr halb so kraftlos zu sein.

Pa erzählt mir Geschichten aus der Zeit, als er ein Junge war. Er erzählt, wie er von Großvater Faulstich gelernt hat Dinge aus Metall zu machen. Großvater Faulstich hat das Handwerk beim alten Rogers in Kentucky gelernt. »Der Alte hat Großvater die Maschinen vermacht«, sagt Pa. »Aber die Werkstatt, in der sie standen, die hat er Großvater nicht vermacht.«

Pa hat mir die Geschichte vom alten Rogers schon dutzend Mal erzählt, aber ich höre sie immer wieder gerne. Es ist einfach schön, Pas Stimme zu hören.

»Was haben die Maschinen ohne Werkstatt Großvater schon genützt!«, sagt Pa. »Für alle Ewigkeit hat er die großen, alten Maschinen hierher geholt. Und wozu? Im Schuppen stauben sie bloß ein. Nehmen Platz weg. Weißt du, Jule, dein Großvater hat immer davon geredet, eine eigne Werkstatt zu bauen. Hat er nie getan.«

Ich sammle lange Kiefernnadeln auf. Ma webt die schönsten Körbe aus diesen würzigen Wedeln. Bestimmte Farbtöne mag sie am liebsten und ich habe ein gutes Auge dafür. Pa hebt alle langen Nadeln auf, ob sie nun grün, gelbbraun oder hellbraun sind. Ma freut sich über alles, was wir ihr bringen. Sie geht nicht oft aus dem Haus. Aus dem Haus gehen macht sie nervös.

»Ich hätte beim Schlossern bleiben sollen«, sagt Pa und reibt das Harz an seinen Fingern. »Bin immerhin Geselle geworden. Es gab nichts, was ich nicht hingekriegt hab. Aber der alte Rogers wollte mich nicht. Dein Großvater hat den Käse geschluckt, den Rogers von sich gegeben hat, aber ich nicht. Konnte meine Zunge nicht im Zaum halten. Ich hätte heute noch Maschinenschlosser sein können. Stattdessen bin ich ins Bergwerk gegangen.«

»Und was ist jetzt?«, frage ich und blicke zu ihm hoch. »Kannst du jetzt nicht als Maschinenschlosser arbeiten?«

Pa nimmt die Kappe vom Kopf. Er fährt mit den Fingern durchs Haar, dann stülpt er die Kappe wieder drauf.

»Großvater Faulstich hat die Maschinen für dich aufgehoben«, sage ich.

»Es ist schon lange her«, sagt Pa. »Ich hab nicht genug behalten, Jule. Und wo sollte ich denn arbeiten?«

Ich weiß, dass Pa genug behalten hat. Er kann sich an Lieder erinnern, die er auf der Fiedel spielen gelernt hat, als er so alt war wie ich. Er muss was behalten haben.

Pa fummelt an dem Brief in seiner Hemdtasche herum. Der Umschlag sieht neben dem abgetragenen Flanellhemd ausgesprochen wichtig aus. Ab und an zieht Pa den Brief aus der Tasche.

»Was steht denn eigentlich in dem Brief?«, frage ich.

»Was Wichtiges«, sagt Pa. »Er ist letzte Woche gekommen. Ich musste unterschreiben, bevor ich ihn haben konnte.«

Ich habe noch nie gehört, dass man unterschreiben muss, um Post zu kriegen.

Pa zeigt mir die obere Ecke von dem Brief. »Siehst du, wie vornehm der ist?« Dann macht er den Brief auf und zeigt mir das Bild von einem Gebäude, das oben über der Schrift prangt.

»Das sieht aus wie das Haus von der Stadtverwaltung, Pa. Da bin ich im vorigen Jahr mit Mrs Deal und der Klasse gewesen.«

Pa nickt. Ich nehme an, das mit der Stadtverwaltung hat er schon gewusst.

»Aber was steht drin?«, frage ich.

Pa und ich, wir gucken uns an. Er setzt sich auf die Kiefernnadeln und hält den Brief aufgeschlagen vor sich. Pa streicht sich mit seiner großen Hand über die Stirn.

»Ich weiß es nicht«, sagt Pa. »Ich kann die Wörter nicht entziffern.«

Mein Herz fängt an zu rasen und verkündet damit, dass es etwas hört, was es nervös macht. »Kannst du es nicht lesen, Pa?«, frage ich.

»Ach, Jule«, sagt Pa. »Was denkst du denn? Ich brauche schon seit Ewigkeiten eine Brille. Ich kann diese winzigen Buchstaben nicht mehr erkennen.«

Eine kleine Weile denke ich über seine Antwort nach.

»Na ja, Ma kann noch gut sehen«, sage ich und

sammle eine Hand voll Nadeln auf, die halb in der Sonne, halb im Schatten liegen. »Ma kann ihn dir vorlesen.«

Ich bin gespannt, was er diesmal antwortet.

»Wir wollen Ma damit nicht belasten, Jule. Wenn sie erfährt, dass ich so dringend eine Brille brauche, wird sie sich schlecht fühlen, weil ich keine kriegen kann. Eine Brille kostet Geld, verstehst du. Ma soll sich nicht schlecht fühlen, weil Geld fehlt.«

Mir fällt ein, dass Ma sich schon schlecht fühlt, weil Wachtmeister Rusk wegen dem Schuleschwänzen hinter mir her ist und weil ihr immer schwindelig wird und weil sie bloß Marmelade fürs Schulbrot hat. Pa hat Recht damit, dass er ihr nicht noch mehr Sorgen machen will.

Ich wünschte, ich könnte Pa den Brief vorlesen. Das würde alles klären. Aber ich kann es nicht. Ich bin vollkommen blöde, was das Lesen betrifft. Alle anderen können lesen. Aber für mich ist es die reine Folter.

Schlechte Nachrichten

Ich hole Markey aus dem Unterricht. Sie kann uns den Brief vorlesen, Pa«, sage ich.

Pa nickt und wir machen uns auf den Weg zur Schule.

Als wir dort angekommen sind, schleiche ich mich wie ein Fuchs an das lang gestreckte, eingeschossige Gebäude heran, das ganz viele große Fenster hat. Vor jedem Fenster muss ich auf Mas Korb steigen und reingucken, damit ich die richtige Klasse finde. Ich passe auf, dass mich kein Lehrer sieht. Der Korb ist nicht zum Draufstellen gemacht, jedes Mal, wenn ich draufsteige, gibt er ein kleines bisschen nach, aber um ohne Korb was zu sehen, bin ich nicht groß genug. Pa ist bei dem Haufen Kiefernnadeln geblieben, während ich

Markey suche. Endlich entdecke ich sie, ihr Klassenzimmer ist fast ganz vorne beim Eingang.

Markey sitzt etwa in der Mitte des Raumes. Sie lehnt sich vor und hört ihrer Lehrerin zu, die an der Tafel schreibt.

Ich starre meine Schwester an. Markey, denke ich, Markey, guck hierher.

Esther Winston sieht mich zuerst und winkt mir zu. Ich lege meinen Finger auf die Lippen und zeige mit der anderen Hand auf Markey. Esther stubst Elisabeth an, die ein anderes Mädchen anstubst, und die stößt Markey an. Ich mache ihr ein Zeichen, dass sie rauskommen soll, und sie nickt.

Ich schleiche mit dem Korb zu Pa zurück, um die Kiefernnadeln wieder einzusammeln und auf Markey zu warten.

Ein paar Minuten später schlüpft Markey aus der großen Eingangstür, guckt suchend herum, bis sie uns entdeckt, und kommt dann zu uns.

»Ich hab gesagt, ich muss aufs Klo«, sagt sie.

Pa gibt Markey den Brief. Sie kneift die Augen zusammen und liest langsam und leise.

Als sie fertig ist, schaut sie zu Pa auf. Ihre dunklen Augen scheinen noch dunkler als sonst. Die Knochen über ihren Augenbrauen drücken sich aneinander, als wären sie entschlossen einen Kampf aufzunehmen.

»Pa, in diesem Brief steht, dass wir seit fast zwei Jahren keine Steuern bezahlt haben.«

Pa nickt. »Ist nicht so einfach gewesen mit den Rechnungen. Wir haben immer noch Schulden von Großvaters Beerdigung.«

»Pa«, sagt Markey, »wir können nicht so lange warten, bis wir unsere Rechnungen bezahlen.«

»Ist mir nicht lange vorgekommen«, sagt Pa.

»Hier steht, das ist schon die dritte Mahnung, Pa. Was war mit den anderen beiden?«

Pa guckt auf seine abgetragenen Schuhe. »Alle wollen von uns Geld, was wir nicht haben. Ich wollte eurer Ma keine Sorgen machen. Sie hat's schon schwer genug. Ich habe die Briefe weggepackt. Hab gedacht, ich kümmere mich nach und nach drum.«

»Pa, hier heißt es, im zweiten Brief hat gestanden, wenn sie nichts von uns hören, wird unser Haus verkauft, damit unsere Steuerschuld bezahlt werden kann.«

»Das können die doch nicht machen«, sage ich. »Das ist unser Haus. Das können sie nicht einfach an jemand anderen verkaufen.«

»Nach dem, was hier steht, können sie das wohl«, sagt Markey und wedelt mit dem Brief.

»Dann müssen wir eben die Steuern bezahlen, Pa«, sage ich. »Dann ist doch alles in Ordnung, oder, Markey?«

Aber Markey schüttelt den Kopf. »Dafür ist es zu spät«, sagt sie.

»Nicht doch, mein Schatz«, sagt Pa. »Solange uns das Haus gehört, ist es nicht zu spät. Großvater Faulstich hat uns das Haus vermacht. Es gehört uns.«

Markey schüttelt traurig den Kopf. »Nicht mehr, Pa. Es gehört uns schon seit mehr als einem Monat nicht mehr, seit dem ersten September. Unser Haus ist verkauft worden, damit unsere Steuerschuld bezahlt werden kann. Das Haus gehört jetzt jemand anders.«

Ein kleiner Hoffnungsschimmer

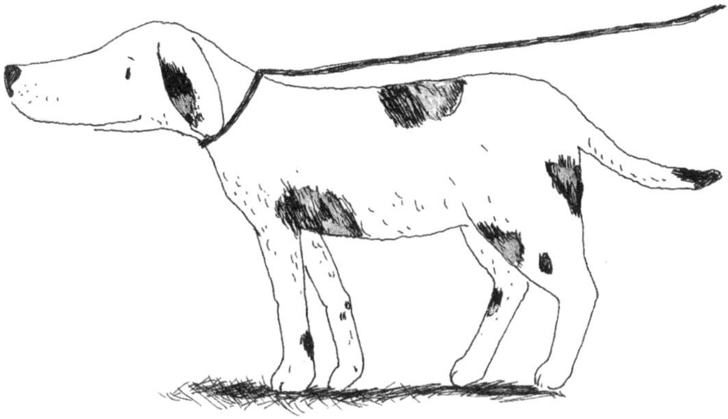

Markey geht in die Schule zurück und Pa und ich laufen in die Stadt. Wir brauchen ungefähr eine Stunde bis dahin. Wir haben einen Lieferwagen, aber Pa benutzt ihn nicht oft. Fahren kostet Geld.

Wenn Pa und ich zusammen losziehen, gehen wir normalerweise nicht in die Stadt. Bei uns auf dem Land gibt es so viel zu sehen, wozu sollten wir in einem überfüllten, stinkigen Ort herumlaufen, wo die Leute einen angucken, als würde man kleine Kinder stehlen.

Wir kommen an der Sägemühle und am Holzplatz vorbei, an der Tankstelle und am Gemischtwarenladen. Wir gehen an Häusern vorbei, an jeder Menge Häuser, und wir laufen immer weiter, bis wir schließlich im Zentrum sind. Dann gehen wir noch ein bisschen weiter, bis wir das Haus von der Stadtverwaltung finden, das auf dem Brief abgebildet ist. Ich fange an die Treppe raufzusteigen, aber Pa bleibt unten stehen.

Ich drehe mich zu ihm um. Er macht ein bekümmertes Gesicht.

»Vielleicht solltest du lieber hier draußen auf mich warten, Jule«, sagt Pa.

»Ich will aber mit dir mit.«

Pa sagt: »Jule, es ist Schulzeit. Um diese Tageszeit hast du in der Stadt nichts zu suchen. Du willst doch nicht, dass ich Ärger kriege, weil du nicht in der Schule bist, oder? Das könnte die Sache mit den Steuern bloß noch schlimmer machen. Ich denke, es ist besser, wenn du hier draußen wartest.«

Ich setze mich auf die Treppe und schaue über meine Schulter, Pa hinterher, wie er zum Eingang hinaufsteigt. Als er die schwere Eingangstür aufschiebt, hält er den Brief fest in der Faust.

Hinter der Stadt ragen die Berge auf. In der Oktobersonne leuchten sie golden und orange und grün. Es ist besser, in den Bergen zu sein, als sie aus der Ferne anzusehen. Aber hier zu sitzen und sie anzuschauen ist irgendwie auch schön.

Ein Mann kommt vorbei, der einen großen, gefleckten Hund ausführt. Der Hund bleibt stehen, schnüffelt an meinen Füßen und dann an meiner Hand und schließlich schnaubt er mit der Nase an meinem Ohr. Es gefällt mir, wie sein Atem flüstert. Ich lache und der Hund wedelt mit dem Schwanz. Auf meinem Schoß steht der Korb und in dem Korb, auf den langen, würzig duftenden Kiefernnadeln, liegt die Tüte mit meinem Marmeladenbrot. Ich mache die Tüte auf, eine Falte nach der anderen, lange hinein und breche ein Stück von meinem Brot ab. Aber bevor ich es dem Hund anbieten kann, hat der Mann den Hund von mir weggerissen und zerrt ihn die Straße lang. Der Hund blickt sich kurz bedauernd um. »Tut mir Leid, Hund«, sage ich.

Wie ich das Marmeladenbrot so in der Hand halte, merke ich, dass ich Hunger habe. Ich beiße von dem Stück ab, das ich dem Hund anbieten wollte.

Gerade als ich schlucke, kommt Pa zurück. Ich versuche an seinem Gesicht zu erkennen, was da drinnen passiert ist, aber es gelingt mir nicht.

»Was haben sie gesagt, Pa?«

»Also, es gehört immer noch uns«, sagt Pa. »Gewissermaßen. Die Leute, die das Haus für die Summe gekauft haben, die wir an Steuern schulden, denen gehört das Haus, wenn wir nicht bezahlen. Wenn wir bis zum nächsten September unsere Schuld nicht bezahlt haben, dann kriegen die

Leute, die unsere Steuern bezahlt haben, unser Haus und wir müssen raus.«

»Du meinst, wenn wir unsere Steuerschuld zahlen, dann gehört uns das Haus wieder?«

»Genau«, sagt Pa. Und er sieht froh aus. »Aber wir müssen alles zahlen, was wir geschuldet haben, was wir jetzt schulden und was wir bis zum nächsten September schulden werden, damit alles ausgeglichen ist. So ist die Regel.«

»Ist es viel Geld, Pa?«, frage ich.

»Na ja, nicht gar so viel«, sagt Pa. »Wenn ich eine richtige Arbeit hätte. Es ist nicht gar so schlimm.«

»Wie willst du denn eine richtige Arbeit kriegen, Pa?«, frage ich. »Du suchst doch schon über ein Jahr lang.«

»Ich könnte wieder ins Bergwerk gehen. Vielleicht nach Kentucky. Dann müsste ich ohne euch leben. Aber ich könnte euch Geld schicken und ihr könntet die Steuern bezahlen, und dann würde alles gut.«

Wir haben das schon mal probiert, als ich klein war. Pa hat woanders gewohnt und gearbeitet. Aber ohne Pa, hat Ma gesagt, hat es nicht einen Morgen, nicht einen Abend, nicht mal den kleinsten Moment gegeben, der schön war. Ich kann mich nicht erinnern, aber ich glaube Ma. Wie kann ohne Pa was schön sein?

»Nein, Pa.« Ich stehe auf, verschränke die Arme vor der Brust und ziehe die Stirn kraus. »Du gehst nicht von uns weg.«

Pa knurrt mich an. »Du sollst deinem Vater nicht widersprechen, Julian Faulstich.«

Ich zucke mit den Achseln. Pa ist mächtig groß, aber viel Angst habe ich nicht vor ihm. »Du gehst nicht von uns weg.« Ich starre ihm fest in die Augen und lasse nicht locker.

Pa kaut auf der Innenseite seiner Wange herum.

»Wir müssen eine andere Möglichkeit finden, Pa«, sage ich. »Du gehst nicht von uns weg. Hast du gehört?«

An Pas Augen kann ich sehen, dass er versteht. Er weiß, dass ich nicht nachgeben werde, nicht bei dieser Sache.

Pa sagt: »Wir haben noch fast ein ganzes Jahr Zeit, bis wir das Geld zusammenhaben müssen. Bis zum ersten September haben wir Zeit.«

»Das ist viel Zeit«, sage ich. »Wir haben noch nicht mal Winter. Bis zum nächsten September ist ewig hin.« Ich grinse ihn an und ziehe ihn zu mir runter.

Pa zupft an meinem Hosenträger und lässt ihn los. Nicht so doll, dass es wehtut, gerade so, dass ein leises Schnappen zu hören ist.

»Hast du Hunger, Pa?«

Pa beäugt meine Schulbrottüte. »Nö«, sagt er.

»Na, kannst aber trotzdem was haben.« Ich breche ein Stück Brot für Pa ab und eins für mich. »Mit leerem Bauch können wir nicht denken, Pa. Und wir müssen ganz schön viel nachdenken. Wir müssen rausfinden, wie wir unser Haus zurückkriegen.«

Geneva kommt

An der Haustür klopft jemand, aber wir überhören es. An die Vordertür kommt niemand, höchstens Vertreter. Und außerdem sind wir sowieso hinten und tanzen zu Pas Fiedel. Pa spielt die Fiedel, wann immer ihn Ma darum bittet. Ma sagt, das besänftigt ihre Nerven und bringt das winzige Baby in ihr zur Ruhe. Wenn das Baby erst mal draußen ist, wird es schon merken, dass Pas Fiedel gar nicht dazu da ist, Ruhe zu bringen. Pas Fiedel setzt uns in Schwung. Sie lässt uns über den Küchenfußboden hüpfen. Aber zur Ruhe bringt sie uns nicht.

Wer weiß, wie lange vorne geklopft wurde.

Schließlich taucht an der Hintertür ein Gesicht auf. »Mrs Faulstich?«

Ma durchquert die Küche.

»Mrs Faulstich. Ich bin Geneva Long. Haben Sie einen Augenblick Zeit?«

Geneva Long ist eine große Frau. Fast so groß wie Ma.

Ma sagt: »Kommen Sie rein, kommen Sie doch rein, Geneva.«

Dafür, dass sie eine Fremde ist, passt Geneva gut in unsere Küche.

Mas Hände bewegen sich schnell, sie räumen Geneva einen Platz am Küchentisch frei. »Sie wohnen in der Nähe, Geneva?«

»Nicht weit weg«, sagt Geneva. »Ich komme zweimal am Tag hier vorbei, auf dem Weg zur Arbeit und auf dem Heimweg. Ich habe versucht bei Ihnen anzurufen, um Sie auf meinen Besuch vorzubereiten. Ich bin die Gemeindeschwester.«

»Wir haben kein Telefon«, sage ich.

»Was ist eine Gemeindeschwester?«, fragt Lulu.

Geneva lächelt Lulu an. Es ist ein richtig nettes Lächeln. »Ich besuche kranke Leute zu Hause, damit sie nicht so oft zum Arzt gehen müssen«, sagt Geneva.

Das klingt gut in Mas Ohren.

»Doktor Michaels hat von der Schule gehört, dass es Ihnen bestimmt recht wäre, wenn jemand vorbeikommt, Mrs Faulstich«, sagt Geneva. »Er hat mich gebeten vorbeizuschauen. Ich hoffe, ich störe Sie nicht.«

Während Ma sich die Sache durch den Kopf gehen lässt, verschwindet Pa durch die Hintertür. Ich überlege, ob ich mit ihm gehe, aber diese Geneva, die hat so was, dass ich lieber bleiben möchte. Also dränge ich mich mit meinen Schwestern aufs alte Küchensofa. Lulu klettert sofort auf meinen Schoß.

Geneva zieht ihren Mantel aus und hängt ihn über einen Küchenstuhl. Es ist ein hübscher Mantel mit einem Wuschelkragen. Krabbe würde am liebsten ihre Hände und ihr Gesicht da reinstecken, das kann ich sehen.

Ma stellt zur Begrüßung ein Schälchen mit Zuckerwürfeln auf den Tisch. Die Zuckerwürfel hebt Ma für besondere Gelegenheiten auf, zum Beispiel wenn jemand nach einem miesen Tag ein Bau-mich-auf braucht. Die Zuckerwürfel stehen immer oben auf dem Regal, hinter den Kräckern, und sie sind für uns da, wenn uns jemand verhaut oder uns anbrüllt oder Blöde zu uns sagt oder Abschaum oder so was. Oder wenn eine hinfliegt und sich die Lippe aufschlägt oder krank wird und kein Geld für Medizin da ist. Oder wenn Besuch kommt. Dann wird der Zucker vorgeholt.

Ma bittet Geneva Platz zu nehmen und setzt sich ihr gegenüber an den Küchentisch.

»Wann ist es so weit?«, fragt Geneva.

Ma blickt auf ihre Finger, ihr Gesicht rechnet. »Wahrscheinlich im März. Ich trage lange.«

Geneva fragt: »Gehen Sie regelmäßig zum Arzt?«

Ma schaut zu uns fünf Kindern herüber. »Ich habe jede Menge Erfahrung. Hab bis jetzt noch keinen Arzt gebraucht. Immer nur Hebammen. Sie sind nicht zufällig Hebamme, oder?«

»Nein, Mrs Faulstich«, sagt Geneva. »Nur Gemeindeschwester.« Und sie lächelt Lulu an. Wir lächeln alle zurück.

Geneva steht auf und kommt zum Sofa. »Und wer seid ihr?«

Markey stellt uns vor. Sie sagt: »Ich bin Markarita. Ich bin dreizehn. Das ist Charleen. Sie ist elf. Julian hier ist neun, Louise ist vier und die Kleine hier ist Krabbe. Sie ist zwei.« Markey kitzelt Krabbe, als sie ihren Namen sagt.

»Krabbe?«, fragt Geneva und beugt sich vor, um unsere kleine Schwester genauer anzuschauen.

»Turease«, sagt Ma. »Krabbe nennen wir sie, weil sie überall herumgekrabbelt ist, bis sie anderthalb war. Es hat ewig gedauert, bis sie gelaufen ist. Aber bei Charleen war das auch so und sie hat sich ganz normal entwickelt.«

Wir lehnen uns alle zu Charleen und sie stößt uns weg. Dabei hat sie aber eine Art verlegenes Lächeln im Gesicht.

»Ihr seht wirklich prima aus, ihr Kinder«, sagt Geneva und ich weiß, dass sie das auch so meint.

Geneva geht zurück zu Ma. »Wie sieht's mit den Lebensmitteln aus, Mrs Faulstich? Milch, Saft, Käse?«

Ma betrachtet den Tisch vor sich. »Wir kommen klar«, sagt sie. Ma mag nicht darüber sprechen, wie es bei uns aussieht, und schon gar nicht mit Fremden.

Geneva legt ihre Hand auf Mas Arm. »Die Gemeinde hat ein Interesse daran, dass ihre wunderbaren Kinder auch genug zu essen haben. Draußen im Auto habe ich Käse.«

Ma blickt zu uns herüber. Bei dem Wort Käse fangen wir regelrecht an zu sabbern. Ma sagt: »Davon möchten wir schon was brauchen können.«

Geneva nickt. Sie verschwindet kurz und kommt mit einer schwarzen Tasche in der einen und einem Karton in der anderen Hand zurück. Sie stellt den Karton neben den Tisch und macht die schwarze Tasche auf.

»Wie fühlen Sie sich denn so, Mrs Faulstich? Geht's Ihnen wie bei den anderen Malen?«

Ma sagt: »Sagen Sie Glory zu mir.«

Geneva nickt.

Ma sagt: »Ich kann mich nicht dran erinnern, dass die anderen sich so viel bewegt hätten. Manchmal trampelt das kleine Ding wie verrückt.

Nicht mal Lulu hat sich so viel bewegt, dabei hab ich bei ihr gedacht, das wird bestimmt ein Junge, so hat sie da drin rumgetobt.«

Ich beuge mich vor. »Erzähl ihr von den Schwindelanfällen, Ma.«

Ma zuckt mit den Achseln. »Manchmal krieg ich Anfälle.«

»Schwindelanfälle?«, fragt Geneva.

Ma nickt. »Und manchmal bin ich ein bisschen durcheinander.«

»War das bei den anderen Kindern auch so?«

»Nicht dass ich wüsste.«

»Ich hör Sie mal ab, ja?«, sagt Geneva. »Ist Ihnen das recht?«

Ma nickt.

Geneva holt einen Schlauch heraus, der sich in der Mitte teilt und am Ende ein kleines silbernes Dings hat. An den anderen Enden des Schlauchs sind kleine Stöpsel, die sie sich in die Ohren steckt.

Ich hopse vom Sofa und gehe näher ran. Lulu ist gleich hinter mir.

Geneva lächelt uns zu. »Stethoskop«, erklärt sie. »Damit kann ich kleine Geräusche in eurer Mutter hören. Jetzt will ich mir damit das Baby anhören.«

Ma nickt und setzt sich im Stuhl zurück.

Geneva legt das Stethoskop auf Mas Bauch.

Während Geneva zuhört, wackelt ihr Kopf und ihre Lippen bewegen sich. Sie sieht ganz genau so aus, als ob sie Musik zählt, wie Pa das manchmal beim Fiedeln macht.

Ich ziehe Geneva am Ärmel. »Kann ich auch mal hören?«

Geneva steckt die Stöpsel in meine Ohren und bewegt das Stethoskop über Mas Bauch. Plötzlich höre ich *whusch-whusch, whusch-whusch.* Ganz schnell.

»Ist das das Baby?«, frage ich.

»Aber ja«, sagt Geneva. »Das ist der Herzschlag vom Baby.«

Ich will auch Mas Herz schlagen hören. Dann will Lulu hören. Alle meine Schwestern wollen drankommen und stellen sich an.

Inzwischen reden Ma und Geneva über Frauensachen. Dabei schätzen sie sich gegenseitig ab, und ich denke, Ma schätzt das, was sie bei Geneva findet.

»Ich komme nächste Woche wieder«, sagt Geneva. »Dann bringe ich euch noch mehr zu essen. Glory, ich möchte noch einen Test machen, wenn es Ihnen nichts ausmacht. Ich mache mir Sorgen um Ihren Blutzucker. Wie groß war Krabbe bei der Geburt?«

»Normal«, sagt Ma. »Sie ist einfach rausgeschlüpft. Überhaupt kein Problem.«

Geneva nickt und lächelt. »Kann ich mir vorstellen. Trotzdem. Es schadet ja nicht, den Wert zu überprüfen. Ist jedenfalls besser, als wenn Sie zu viel Zucker haben und es nicht wissen.«

Ich schüttele den Kopf. Wie kann jemand zu viel Zucker haben?

Der Autofriedhof

Auf den ersten Blick weiß ich, dass der große Metallschuppen auf dem Autofriedhof passt. Er steht einfach da und wartet auf uns, hier auf dem Schrottplatz, wo all die toten Autos ihre Ruhe finden. Schon hundertmal habe ich das Ding aus Metall angeguckt, aber plötzlich sehe ich es zum ersten Mal.

»Pa, was ist das?«, sage ich und deute auf den großen Metallschuppen.

»Da drin hat Shorty Lewis früher den Fuhrpark der Stadt repariert«, sagt Pa.

»Wo arbeitet er jetzt?«

»In der neuen Autowerkstatt«, sagt Pa.

»Pa.« Ich versuche meine Aufregung zu bändigen. »Pa, da könntest du Großvaters Maschinen reinstellen. Alle.«

»Du meinst … das als Werkstatt benutzen?« Pa läuft um den Schuppen herum. »Ich weiß nicht, Jule.«

Ich bleibe an ihm dran. »Das würde klappen, Pa.«

Pa nimmt seine Kappe ab und kratzt sich am Kopf. »Ich müsste das Ding zu unserm Haus bringen«, sagt er. »Ich könnte nicht jeden Tag hierher gehen, um zu arbeiten.«

»Warum nicht?«, frage ich. Mir würde es gefallen, jeden Tag zum Autofriedhof zu gehen. Ich bin sehr gerne hier. Letzten Monat habe ich gesehen, wie die bunte Katze auf dem Rücksitz von dem grünen Geländewagen fünf Junge zur Welt gebracht hat.

Pa sagt: »Für eine Werkstatt mit Maschinen braucht man Strom, jede Menge Strom. Den gibt's hier nicht. Und kannst du dir vorstellen die Maschinen hierher zu transportieren? Wie soll das denn gehen? Außerdem wäre es nicht rechtens«, sagt Pa. »Das Gelände hier gehört der Stadt. Die Stadt würde nicht wollen, dass ich hier arbeite.«

»Hätte die Stadt was dagegen, wenn du den Schuppen auf unser Grundstück stellst?«

»Weiß nicht. Wir können fragen. Wenn es

sonst keiner will, dann sollten sie nichts dagegen haben.«

Der Metallschuppen, den Pa Nissenhütte nennt, ist groß. So hoch wie drei übereinander stehende Männer und vielleicht dreimal so lang wie unser Haus. Ich gehe rein und tanze auf dem Erdboden unter dem gewölbten Dach. Ich rufe Pa zu, dass er zu mir kommen soll. Meine Stimme hüpft in der großen Metallhöhle hin und her.

Pa überprüft alle Stellen, an denen der Rahmen verbogen und verbeult ist. Er überprüft die Stellen, wo eine Metallplatte an die nächste anschließt. Pa überprüft die Bolzen. Wo Rost ist, kratzt er mit seinem Taschenmesser.

»Für den Transport müsste ich alles auseinander nehmen«, sagt er, die Kappe in der Hand. »Müsste jede Platte einzeln transportieren und dann wieder alles auf irgendeinem Untergrund zusammenbauen, jede Menge schwere Arbeit ist das. Und ich brauche dafür jede Menge Material vom Holzplatz. Das ist eine gewaltige Aufgabe, Jule.«

Ich nicke. »Aber doch nicht zu gewaltig, oder, Pa? Nicht so gewaltig wie unser Haus verlieren.«

»Nö«, sagt Pa. »So gewaltig nicht, Schatz.«

Wir laufen schnell nach Hause und sehen im dunklen, voll gestopften Schuppen Großvater Faulstichs Ausrüstung durch, die Schweißbrenner und Flaschen, die Reibahlen und Abkanten, die Drehbänke und Schleifmaschinen.

Als Charleen und Markey aus der Schule kommen, nehme ich sie bei der Hand und renne mit ihnen zum Autofriedhof. Ich zeige meinen großen Schwestern Pas neue Werkstatt. Wir gehen rein, spielen Fangen und toben wie wild herum. Unsere Stimmen springen von den Metallwänden zu uns zurück. Markey und ich weihen Charleen in unser Geheimnis ein, in das Geheimnis, dass wir unser Haus verloren haben. »Pa will nicht, dass Ma von der Steuerschuld erfährt«, sage ich zu Charleen. Aber das weiß Charleen von alleine.

Die bunte Katze, die mit ihren fünf Jungen im grünen Geländewagen lebt, schnurrt, als sie mich sieht. Abwechselnd nehmen Markey und Charleen die süßen, kleinen, rundbäuchigen Wesen hoch und drücken sie sich an die Wange und machen dabei Ei-Ei-Mädchentöne. Niemand auf der Welt ist so verrückt nach Tieren wie wir Faulstich-Mädchen. Ich habe immer wieder versucht Katzen ins Haus zu bringen, aber Ma sagt, wir können keine halten.

»Pa wird wieder Arbeit haben«, sagt Markey. Sie hält ein Kätzchen im Arm und sieht sehr zufrieden aus.

»Und du kannst wieder in die Schule kommen«, sagt Charleen.

Ich verziehe mein Gesicht. »Muss ich das?«

»Klar, wenn Pa erst mal Arbeit hat. Er braucht dich nicht mehr, wenn er wieder arbeitet«, sagt Charleen.

»Vielleicht braucht er mich ja in der Werkstatt. Vielleicht braucht er mich, um Sachen zu reparieren. Vielleicht hat er so viel zu tun, dass er nicht alles alleine machen kann.«

Markey legt ihren Arm um meine Schultern. »Charleen und ich können dir beim Lernen helfen«, sagt sie leise. »Wenn es das ist, was dich quält. Es ist nicht so schwer, wenn du dir Mühe gibst.«

Ich schüttele sie ab und stapfe wütend davon. »Ich gebe mir doch Mühe«, sage ich.

Niemand glaubt mir. Niemand glaubt mir, wie viel Mühe ich mir gebe. Was ich auch tue, es reicht einfach nicht.

»Ma will auch, dass du wieder in die Schule gehst«, sagt Markey. »Sie macht sich Sorgen um Lulu. Lulu sagt, wenn du nicht in die Schule gehst, dann will sie auch nicht gehen.«

Charleen guckt mich an und lacht. Der Ton wandert durch die ganze Metallhöhle. »Was hast du denn, Jule Faulstich? Du ziehst vielleicht ein komisches Gesicht.«

»Ich will nicht, dass Lulu es mitkriegt«, flüstere ich.

»Was soll Lulu nicht mitkriegen?«, fragt Charleen.

»Nichts«, sage ich wütend.

»Was ist es, Jule?«, fragt Markey, und das sagt sie fast so lieb wie Ma.

»Ich will nicht, dass Lulu denkt, ich bin blöd.«

Markey stemmt ihre Hand in die Seite. »Also, erstens glaubt Lulu, wenn morgens die Sonne aufgeht, dann hast du das gemacht. Und zweitens bist du nicht blöd, Jule Faulstich.«

»Zu Hause nicht«, sage ich. »Aber in der Schule bin ich auf alle Fälle blöde.«

Charleen sagt: »Wie wär's damit? Wir spielen abends, nach dem Essen, am Küchentisch Schule. Wir erzählen Lulu, dass wir das für sie machen, und du spielst mit. Damit du dich wieder ans Lernen gewöhnst. Okay, Jule?«

Ich zucke mit den Achseln. Aber vielleicht, vielleicht könnte ich durch die Hilfe meiner Schwestern in der Schule mehr verstehen.

Als wir nach Hause kommen, redet Pa gerade mit Ma über die Werkstatt. Pa sagt: »Am Anfang wird es einiges kosten, ich muss die Bolzen ersetzen und einen Rahmen für den Untergrund bauen und so was eben.«

Dabei sieht Pa so glücklich aus und seine Augen glänzen.

Ma setzt sich an den Küchentisch und schaut ihn an, während sie ihm zuhört. Krabbe hockt neben Mas Füßen und fährt mit den Fingern über Mas geschwollene Zehen.

Ich kann sehen, dass Ma mit sich ringt. Sie will das Glänzen in Pas Augen behalten, aber gleichzeitig hat sie Angst vor den Kosten. Schließlich gewinnt die ängstliche Seite.

»Gannon«, sagt Ma. »Woher sollen wir das Geld für Bolzen, für Holz und Metall nehmen?« Sie sieht traurig aus, wie ein gebrochenes Versprechen, als sie das sagt.

Und sie hat auch allen Grund dazu.

Ich blicke zu Pa. Oh, Pa.

Er gibt so leicht auf. »Hast Recht«, sagt er. »Ich weiß auch nicht, was ich mir dabei gedacht hab.« Und er lässt den Kopf hängen.

Aber ich gebe nicht so leicht auf. »Pa, warum redest du nicht mit den Leuten vom Holzplatz? Frag doch, ob du das Material von ihnen auf Pump kriegst, bis du genug Geld hast, um zu bezahlen.«

»Das können wir nicht machen, Jule«, sagt Ma. »So was nennt man Kredit und damit kann man sich eine Menge Probleme aufhalsen. Wenn Pa die Schulden nun nicht zurückzahlen kann? Wir wären den Leuten vom Holzplatz für immer verpflichtet.«

Ich kann nicht sagen: Aber Ma, was wäre, wenn wir unser ganzes Haus verlieren, das wäre doch schlimmer? Pa will nicht, dass ich das sage.

»Ich kann mal mit den Leuten reden, Glory«, sagt Pa. »Kann ja sein, sie geben mir auf die Art sogar was zu arbeiten, weil sie dann wissen, dass sie ihr Geld zurückkriegen.«

»Kann sein«, sagt Ma und richtet sich mühsam auf.

Geschirr

Als ich in die Schule komme, sagt Miss Hamble, die Lehrerin mit dem entenkükengelben Haar und der vornehmen Stimme, zu mir: »Ich freue mich, dass du da bist, Jule.« Und das meint sie auch.

Ihre Begrüßung ist mir peinlich, aber ein klein wenig geschmeichelt bin ich auch.

»Ich kann nicht immer kommen«, sage ich leise mit gebeugtem Kopf.

»Mein Kind, es ist deine Pflicht, immer hier zu sein«, sagt Miss Hamble. »Für dich ist Schule im Moment das Wichtigste. Ich kann verstehen, dass es zu Hause Dinge gibt, die dich bedrücken, aber du musst zur Schule kommen, verstehst du das, mein Kind?«

Ich habe das Gefühl, zwischen Zuhause und Miss Hamble zerrissen zu werden.

Miss Hamble hilft mir meinen Platz im Klassenzimmer zu finden. Sie gibt sich Mühe, dass ich mich wohl fühle. Aber nach der Pause haben wir Lesen. Jedes Kind kommt dran, wir müssen uns vor die Klasse stellen und laut aus einem großen Buch vorlesen. Als langsam die Reihe an mich kommt, tue ich so, als müsste ich aufs Klo. Ich zapple auf meinem Platz herum und schlage meine Beine übereinander und zapple noch doller. Kurz bevor ich mit Lesen dran bin, melde ich mich, damit ich rausdarf. Aber Miss Hamble sagt: »Jule, mein Kind, warte, bis du dran warst.«

Als sie das sagt, fängt mein Herz an verrückt zu spielen. Ich kann das nicht. Ich werfe einen Blick auf das Buch. Aber das alles sagt mir nichts. Ich weiß noch nicht mal, auf welcher Seite ich sein sollte. Ich schmeiße das Buch hin und stürme durch die Klasse, als wäre ich wütend auf Miss Hamble, dass sie mich nicht gehen lässt, wenn ich muss.

Jemand sagt: »Jule macht sich in die Hosen.«

Ich wirbele herum. »Tu ich nicht!«

Einer von den Jungs sagt: »Sie will bloß nicht lesen. Sie ist zu blöd.«

Beim Rausrennen höre ich Miss Hamble. Sie sagt: »So etwas sagen wir in dieser Klasse nicht!«

Als ich nach Hause komme, bin ich innen drin mehr verknotet als ein Faden von Lulus Schnurknäuel. Nicht einmal Mas Zuckerwürfel können den bitteren Geschmack versüßen, den dieser Tag für mich hat.

Am Nachmittag bringt Charleen Schulbücher für Erstklässler mit nach Hause. Lulu sitzt bei mir auf dem Schoß am Tisch unserer Spielschule. Krabbe stapft in der Küche herum und klopft mit einem Holzlöffel auf den Fußboden. Ich höre Charleen und Markey zu, als würden sie uns was über den ersten Tag der Welt erzählen. Pa und Ma hören auch zu.

Aber Markey macht sofort Schluss, als ich aufblicke, weil ich nicht mehr mitkomme.

»Genug Schule für heute«, sagt Charleen.

Lulu will weitermachen, aber Markey sagt: »Lulu, wenn du zu viel Wissen auf einmal runterschluckst, dann kriegst du Bauchweh.«

Und ich sage zu Lulu, dass das hundert Prozent korrekt ist, und Lulu glaubt mir.

Markey und Charleen und Ma schaffen Krabbe und Lulu ins Bett.

Pa steht auf und trinkt Wasser.

»Was haben die am Holzplatz gesagt, Pa?«, frage ich.

Pa lehnt sich an die Spüle. »Sie haben gesagt, dass es so gut wie unmöglich ist, die alte Nissenhütte wieder zusammenzuschrauben, wenn wir sie auseinander genommen haben. Aber sie haben gesagt, sie würden mir einen Kredit von fünfhundert Dollar geben. Das ist die übliche Summe. Fünfhundert Dollar sind mehr, als ich brauche.«

Ma kommt zurück und hört die letzten Sätze. »Wie lange dauert es, die fünfhundert Dollar zurückzuzahlen, Gannon?«

Pa grinst. »Weiß nicht. Aber das werd ich schon rausfinden.«

Mas Gesicht legt sich in Falten. »Jedenfalls viel länger, als das Ausgeben dauert, möcht ich wetten.« Sie legt ihre verschränkten Arme auf ihren Bauch. »Jule, du gehst ins Bett«, bestimmt sie. Dann wirft sie Pa ein albernes Grinsen zu. »Und was dich betrifft, Gannon Faulstich, du großer Geschäftsmann. Wie wär's, wenn du mir mal beim Geschirrspülen helfen würdest?«

Und Pa macht sich grinsend an die Arbeit.

Zwei Räder für Lulu

Es ist noch nicht mal Dezember und es hat schon zweimal geschneit.

Ich schwänze öfter die Schule, als dass ich hingehe. Erst habe ich Pa geholfen, die Nissenhütte auseinander zu nehmen und ein Teil nach dem anderen auf den Lieferwagen zu heben. Dann habe ich ihm geholfen die Einzelteile auf unserem Grundstück zusammenzubauen. Pa kann wirklich schuften. Er hat gesagt, ich habe auch gut gearbeitet.

Pa hatte Recht, es war schwierig, den Schuppen wieder aufzustellen. Nachdem wir das alte Metall auseinander genommen hatten, wollte es sich einfach nicht mehr dran erinnern, dass es jemals zusammengepasst hatte. Aber jetzt haben wir die

Hütte aufgestellt und alle Maschinen reingeräumt und fast alle Löcher im Dach geflickt.

Ma habe ich auch geholfen. Meistens habe ich auf Krabbe und Lulu aufgepasst, wenn Ma sich ausgeruht hat. Geneva hat gesagt, der Staat würde Ma eine Haushaltshilfe bezahlen. Aber die Leute, die der Staat schickt, helfen nicht viel, wenn sie kommen. Und dann bleiben sie irgendwann weg. Ich tue so, als ob ich unser Bilderbuch von dem Jungen mit der Trommel vorlese. Mindestens einmal am Tag erzähle ich meinen kleinen Schwestern die Geschichte in den Worten, die ich mir ausgedacht habe. Lulu »liest« Krabbe das Buch in genau denselben Worten vor, die ich benutze. Sobald ich ein Wort falsch sage, lässt mich Lulu das sofort wissen.

Wenn Wachtmeister Rusk kommt, darf ich nicht zu sehen sein. Sonst fährt er mich zur Schule. Miss Hamble will, dass ich Tests mache, ganz viele Tests. Ich kann keinen von ihren Tests machen. Sonst wird sie es rausfinden. Alle werden wissen, wie blöd ich in Wirklichkeit bin. Das könnte ich nicht aushalten.

Letzte Woche habe ich ein kaputtes Fahrrad gefunden, auf dem Autofriedhof. Da gehe ich tagsüber manchmal hin, damit Ma und Pa denken, ich bin in der Schule. Wenn ich richtigen Hunger kriege, mache ich mich auf den Heimweg. Ich warte auf Markey und Charleen und gehe dann mit ihnen zusammen nach Hause. Ma und Pa wissen, dass ich nicht in die Schule gehe, weil nämlich Wachtmeister Rusk regelmäßig zu uns kommt und es ihnen sagt. Er bringt ihnen Mahnbriefe und sagt, ich muss zum Unterricht gehen. Aber sie können mich nicht zwingen, jedenfalls nicht, wenn sie mich nicht finden.

Das Fahrrad vom Autofriedhof hat zwei Räder, aber es ist klein, sogar für mich zu klein. Ich habe es nach Hause gebracht und Pa gezeigt. Er hat das verbogene Metall wieder gerade geklopft und die gebrochene Stange zwischen dem Vorder- und dem Hinterteil zusammengeschweißt. Markey, Charleen und ich haben das Fahrrad geputzt. Wir haben die Reifen geflickt und aufgepumpt. Und dann haben wir das Rad Lulu geschenkt, einfach so. Wir hätten es bis Weihnachten aufheben können, aber als wir es fertig hatten, wollte keine von uns warten.

Was war Lulu zerschunden in den ersten Tagen, in denen sie das Fahrrad hatte! Jeden Tag hatte sie einen neuen blauen Fleck oder einen wunden Ellenbogen oder eine blutige Lippe. Aber jetzt kann sie überall hinfahren und schwankt kein bisschen mehr. Sie radelt so langsam, dass Krabbe hinter ihr hersausen kann. Lulu bindet ein Stück Schnur von ihrem Knäuel hinten ans Rad und Krabbe hält sich daran fest und dann fliegen die beiden im Hof herum. Wie ein Drachen hängt Krabbe an Lulus Schnur. So können die beiden stundenlang spielen. Ma sitzt am Fenster und guckt ihnen zu. Nachts schläft Krabbe so fest, dass sie schnarcht.

Es hat sich rumgesprochen, dass Pa in seiner Werkstatt Fahrräder repariert, und ein paar Kinder aus unserer Schule haben ihre Räder vorbeigebracht. Pa lässt mich beim Reparieren helfen. Bis jetzt haben wir fast ein Dutzend ganz gemacht, einige von Kindern aus Miss Hambles Klasse, einige von Kindern aus meiner alten Klasse, die jetzt in der vierten sind, und auch ein paar von Leuten aus Markeys und Charleens Klassen.

Wir nehmen nichts für die Reparatur der Räder.

Ma fand, weil dies bis dahin unsere einzigen Aufträge wären, hätten wir schon was dafür nehmen können. Charleen und Markey und ich, wir fanden das auch, schon wegen der Steuerschuld.

Aber Pa sagt: »Ich werd keinem Kind Geld dafür abnehmen, dass ich sein Fahrrad ganz mache.«

Und Ma nickt. So ist Pa eben.

Pa verbringt die meiste Zeit damit, Großvater Faulstichs Werkzeuge sauber zu machen, Kanten abzuschleifen und die Löcher in der Werkstatt zu flicken. Er wartet darauf, dass er einen richtigen Auftrag bekommt.

Abends spielen Markey und Charleen nicht

mehr Schule, weil Lulu und Krabbe schon nach dem Essen am Tisch einschlafen und ins Bett getragen werden müssen. Also brauchen wir kein Theater zu spielen.

Trotzdem lernen meine beiden großen Schwestern mit mir. Wenn ich genug vom Üben habe, kuscheln wir uns neben dem Herd zusammen und Markey und Charleen lesen mir abwechselnd vor und fahren dabei mit den Fingern unter den Wörtern entlang, die sie sagen. Aber das geht alles so schnell, dass ich nichts mitkriege, außer manchmal eins von den leichten Wörtern.

Mir fällt auf, dass Pa immer einen Grund hat, dabei zu sein, wenn ich meinen Unterricht bekomme, und ich überlege, ob er genauso wenig lesen kann wie ich. Wenn Pa nicht lesen kann, vielleicht gibt's dann auch für mich keine Hoffnung. Vielleicht ist bei uns beiden irgendwas nicht in Ordnung und wir werden es nie lernen.

Wir haben alle Fahrräder weit und breit repariert und Pa hat einiges am Haus gemacht, aber meistens sitzt er in der Werkstatt und wartet. Jeden Tag guckt er trauriger. Die Werkstatt ist kalt und groß und Pa sitzt in der Mitte zwischen all den riesigen Maschinen und dreht am Spindelschlüssel von einem Schraubstock. Wenn das so weitergeht, werde ich bald wieder mit ihm spazieren gehen müssen oder wir verlieren ihn, weil er vor Traurigkeit in ein tiefes Loch fällt. Und in demselben Loch wird unser Haus verschwinden.

Eine Zeit lang hat Pa abends seine Fiedel rausgeholt und darauf gespielt, aber jetzt hat er die Fiedel ganz weggepackt.

Ich beschließe die Sache in die Hand zu nehmen. Ich bin sicher, dass es irgendwo Arbeit gibt, die nur darauf wartet, dass Pa sie findet. Ringsum in den Hügeln leben Frauen. Viele sind Witwen, andere haben zwar noch Ehemänner, aber die sind alt und so nutzlos wie enge Schuhe.

Ich kann nicht gut genug schreiben, sonst würde ich ein Schild malen, auf dem steht, was Pa alles kann, damit die Leute es sehen. Aber wir können zu den Leuten hingehen und es ihnen sagen. Also fangen wir wieder an herumzulaufen.

Geneva sagt, Ma sollte jeden Tag spazieren gehen, weil es gut für ihre Gesundheit ist und für die Gesundheit von dem Baby, vor allem aber wegen ihrer Diabetes. Geneva hatte Recht wegen der Sache mit dem Zucker. Schwangerschaftsdiabetes, das ist es, was Ma hat, sagt Geneva. Es ist eine Krankheit, die schwangere Frauen manchmal kriegen. Wenn Geneva uns besucht, dann setzt sie sich mit Ma hin und erklärt ihr, dass sie auf ihre Ernährung und ausreichend Bewegung und auf die Zuckerwerte in ihrem Blut achten muss. Wenn Ma zu viel Zucker hat, dann muss sie den mit einer Spritze Insulin wieder loswerden. Wenn sie nicht genug hat, dann muss sie mehr zu sich nehmen. Geneva hat Ma einen kleinen Stift gegeben, aus dem eine Klinge springt, und die macht einen Piekser in Mas Finger. Den kleinen Blutstropfen soll Ma dann auf ein schmales Ding tun, das Geneva einen Streifen nennt, und diesen Streifen muss sie in ein winziges Gerät stecken. Wenn Ma es richtig macht, dann erscheinen auf einer kleinen Anzeige Zahlen, die Ma sagen, wie es mit ihrem Zucker steht, ob sie zu viel im Blut hat oder nicht genug.

Also gehen wir zusammen spazieren. Pa trägt Krabbe. Lulu fährt auf ihrem Fahrrad. Und Ma und ich, wir halten uns an den Händen und so gehen wir bis zur Kreuzung. Wenn wir uns nach Ma richten, brauchen wir zehn, vielleicht fünfzehn Minuten. Dann nimmt Ma Krabbe an der Hand und macht sich langsam auf den Weg nach Hause, während Lulu um sie herum allerhand Kunststücke auf ihrem Fahrrad macht. Pa und ich gehen weiter und suchen nach Arbeit.

Wir klopfen an die Türen der Nachbarn und fragen, ob es irgendwas aus Metall gibt, das repariert werden muss.

»Früher hab ich so was selber gemacht«, sagt Mr Wrightson. Aber er hat für Pa nichts außer einem guten Ratschlag, den Pa sich nicht anhört, ich aber wohl.

Mrs Lublette sagt: »Die Klingen an meinem alten Rasenmäher sind kaputt. Meinen Sie, Sie könnten sie reparieren?«

Pa guckt sie sich an. »Ich könnte den Rasenmäher reparieren, Mrs Lublette.«

»Viel bezahlen kann ich nicht.«

»Wird nicht viel kosten«, sagt Pa. »Ist nur eine kleine Reparatur.«

Während Ma das Abendessen macht, sitzt Pa am Tisch und denkt. Man kann sehen, wie doll er nachdenkt.

»Pa, was machst du?«, fragt Lulu.

»Ich mache einen Plan für morgen. Überlege, wie viel ich berechnen soll.«

Er sieht sehr beschäftigt aus, wenn er so nachdenkt und all die wichtigen Sachen in seinem Kopf bewegt. Das ist so, als würde er sich selber dabei zugucken, wie er die ganze Reparatur von Anfang bis Ende durchführt. Aber so beschäftigt, dass er nach dem Abendbrot meinen Unterricht verpassen würde, ist er wiederum auch nicht.

Und am selben Abend kommt die Fiedel wieder zum Vorschein. Aber nur für ein Lied.

»Muss früh ins Bett«, sagt Pa. »Hab viel zu tun morgen.«

Das rote Auto

Markey und Charleen interessieren sich nicht für Pas Werkstatt, aber ich kann gar nicht genug bekommen.

Wenn Pa eine Arbeit erledigt hat, gehen wir los, um was Neues zu suchen, das repariert werden muss. Seit ich Lulus Fahrrad angeschleppt habe, tue ich nicht einmal mehr so, als würde ich zur Schule gehen. Ich mag Ma und Pa nicht anlügen.

Ich werde nie müde Pa zuzuschauen, wie er etwas aus einem Stück Metall macht, zum Beispiel die Dachrinne für Mrs Thompsons Haus, oder wie er Dinge repariert, zum Beispiel die Kettenglieder von Mr Opals Kettensäge. Pa ist ein guter Lehrer. Er nennt mich seinen Lehrling und er sagt, wenn ich ein paar Jahre für ihn arbeite, könnte ich

Gesellin werden und irgendwo Arbeit finden. Ich lerne, was die Maschinen können. Markey sagt: »Hast du keine Angst vor dem ganzen Zeug? Du bist furchtbar klein neben den großen Maschinen.« Aber ich habe überhaupt keine Angst. Pa sucht ganz genau aus, was er mich tun lässt. In Pas Werkstatt fühle ich mich wohl. Ich habe das Gefühl, ich bin klug.

Pa erklärt mir, wie man es anstellt, dass einem nichts passiert bei der Arbeit mit den Maschinen. Wir dürfen keine feuchten Stellen in der Werkstatt haben. Wenn das Dach leckt, dann müssen wir das erst abdichten, bevor wir irgendwas Neues anfangen. Er erklärt mir, dass ich vorsichtig sein muss, wenn ich mit Blechen hantiere. Die Kanten schneiden wie Rasierklingen. Aber er braucht mir alles nur einmal zu zeigen. In der Schule bin ich vielleicht blöde, aber in Pas Werkstatt, wenn ich da einmal etwas getan habe, dann weiß ich für immer, wie es geht.

Und immer halte ich Ausschau nach Wachtmeister Rusk. Jedes Mal, wenn er mich zu Hause erwischt, bringt er mich in die Schule. Dabei ist er nicht gemein oder so was. Er nimmt einfach meine Hand, ganz freundlich, und sagt mit sanfter Stimme, dass ich jetzt in die Schule muss. Er erklärt mir, dass sich Miss Hamble Sorgen um mich macht, und schiebt mich in sein Auto. Dann fährt er zur Schule. Aber da lässt er mich nicht einfach raus. Er kommt mit rein und bringt mich in meine Klasse.

Die Kinder in der Schule wissen, dass ich nicht dazugehöre. Manchmal spiele ich Theater, wenn es so aussieht, als würde Miss Hamble mich aufrufen. Manchmal stelle ich eine Frage, um sie auf etwas anderes zu bringen. Manchmal mache ich was Komisches, was die ganze Klasse zum Lachen bringt.

Wenn Miss Hamble mich an die Tafel ruft, um eine Rechenaufgabe zu lösen, dann krickle ich einfach irgendwas hin und wische es wieder weg, bis mein Abschnitt auf der Tafel ein einziges Durcheinander ist. Immer wieder erwähnt Miss Hamble diese besonderen Tests, die sie mich machen lassen will. Sie sagt, sie sind nicht schlimm. Aber ich will sie nicht machen. Miss Hamble wird ganz enttäuscht sein, wenn sie die Wahrheit rausfindet – dass ich nicht lesen kann.

Am wichtigsten aber ist Lulu. Lulu darf es nicht wissen. Sie darf nie erfahren, dass ich nicht lesen kann. Niemals. Ansonsten ist es mir vollkommen egal, wer alles was ahnen könnte, solange Lulu denkt, dass ich klug bin.

Wenn wir auf Auftragssuche sind, halte ich meine Augen nach nützlichen Dingen offen. Irgendwas, das Pa reparieren könnte, irgendwas, aus dem ich ein Weihnachtsgeschenk machen könnte. Pa und ich gehen zu Fuß, wir fahren nicht mit dem Lieferwagen. Das kostet nur Benzin und Öl, und die Reifen sind fast ganz abgefahren und manchmal springt der Motor nicht an. Darum lassen wir den Lieferwagen stehen, es sei denn, Pa braucht ihn für einen Auftrag.

Wenn Pa eine neue Arbeit hat, fängt er nie sofort an. Er denkt lieber erst mal eine Weile darüber nach. Den Abend verbringt er damit, auszutüfteln, wie er die Sache angehen will, damit er am nächsten Morgen, sobald er den Motor zum Laufen gebracht hat und es losgeht, alles richtig macht.

Wenn wir unterwegs sind, halte ich nach Schnüren Ausschau. Lulu sammelt jedes bisschen Faden, das sie kriegt, und bindet es an ihr Knäuel. Das Knäuel ist größer als Pas Faust. Lulu bewahrt es unter ihrem Kopfkissen auf und holt es hervor, sobald sie einen neuen Faden hat.

»He, Lulu«, sage ich an einem Nachmittag Mitte Dezember. »Geh, hol dein Schnurknäuel.«

Als sie zurückkommt, hole ich aus meiner Tasche ein langes Stück Schnur, das ich auf der Straße gefunden habe. Es ist schmutzig. Ma besteht darauf, dass Lulu es wäscht, bevor sie es an ihr Knäuel bindet.

Ma hat Recht. Ein dreckiges Stück Schnur an einem Knäuel, das jede Nacht mit uns im Bett schläft, das geht wirklich nicht.

Lulu legt das Knäuel in die Mitte vom Tisch, wo Krabbe nicht rankommt, und geht zur Spüle, um das neue Stück zu waschen.

»Pass auf, dass Krabbe nicht ans Knäuel kommt«, sagt Lulu. »Sie isst es auf.«

Ich rolle das Knäuel Markey zu und sie fängt es. Dabei wickelt sich etwas Faden ab und bildet auf dem Tisch eine kleine, schnörkelige Figur. Krabbe wird ganz aufgeregt und zeigt auf den Faden und sagt: »Eh, eh, eh.«

Lulu kommt an den Tisch und trocknet das neue Stück Schnur an ihrem Hemd ab. »Guckt mal«, sagt sie und deutet auf den Schnörkel, »ihr habt ein *W* gemacht.« Und dann formt sie mit ihren Lippen genau so einen Schnörkel und macht dazu den Laut von einem *W*. Ganz genau so, wie Markey und Charleen es uns beigebracht haben.

»Das ist gut, Lulu«, sagt Charleen.

Markey wirft mir einen Blick zu. Ich bin plötzlich wütend. Lulu wird lesen gelernt haben, bevor ich es kann, dabei ist sie fünf Jahre jünger.

Krabbe versucht an Mas Bein hochzuklettern. »Eh, eh, eh«, macht sie und langt nach dem Knäuel.

Ma sagt: »Lulu, Schatz, pack das Knäuel weg und spiel mit deiner kleinen Schwester. Ich kann keinen klaren Gedanken fassen, wenn sie auf mir rumkrabbelt.«

Ma rechnet Pas Einkünfte zusammen und überlegt, welche Rechnungen bezahlt werden müssen. Pa gibt Ma nicht alles, was er verdient, das weiß sie aber nicht. Einiges spart er, um die Steuerschuld zu bezahlen und unser Haus zurückzukaufen.

Lulu legt ihre Hände auf mein Gesicht und flüstert mir zu, ich soll auf ihr Schnurknäuel aufpassen. Dann nimmt sie Krabbe an die Hand. »Komm, Krabbe«, sagt sie. »Rad fahren.«

Krabbe strahlt und trötet Lulu zu: »Ra, Ra, Ra.«

Sobald die beiden aus der Tür sind, lege ich meine Fingerspitze auf den Faden, der das *W* bildet. Mit geschlossenen Augen fahre ich mit dem Finger über den Schnörkel. Sonst verwechsle ich *W* und *M* immer. Aber jetzt zeigen meine Finger meinem Gehirn, wie sich das Bild *W* anfühlt.

Ich öffne die Augen und gucke den Faden noch einmal an. Dann suche ich in der Küche nach anderen *W*s, vielleicht finde ich ja irgendwo noch eins. Markey beobachtet, was ich tue.

Und da ist es, auf der Brothülle. Der erste Buchstabe, ein *W*.

Markey sagt: »Weißbrot«, und lächelt. Dabei betont sie das *W* am Anfang ganz stark.

»Weißbrot«, wiederhole ich und zum ersten Mal glaube ich zu wissen, was ein *W* ist.

Charleen und Markey gehen mit mir durchs Haus und wir suchen *W*s. Eins finden wir auf dem Etikett von Pas langen Unterhosen. Eins finden wir auf der Flasche mit Waschmittel. Ich berühre den Buchstaben und stelle mir das Gefühl von dem Fadenschnörkel an meinem Finger vor und mache mit dem Mund den Laut dazu, der wie ein kleiner Wind durch meine Lippen weht.

Ich muss Pa von dem *W* erzählen. Ich lasse Markey und Charleen stehen und rase in die Werkstatt.

»Pa«, sage ich. »Ich kann *W* lesen.«

Pa legt den Körner weg.

»Ich kann *W* lesen, Pa. Kann ich echt.«

Ich erzähle ihm von dem Faden und wie mein Finger ihn abgetastet hat und wie mein Gehirn zum ersten Mal begriffen hat, wie sich ein *W* anfühlt.

Pa verzieht sein Gesicht zu einem Grinsen, das so breit ist wie das von einer Kürbislaterne. Aber da ist noch was anderes in seinem Gesicht. Etwas Trauriges.

Ich komme mir wie eine Verräterin vor, weil ich das *W* kann. So, als würde ich Pa wohl im Stich lassen.

Pa soll sich nicht schlecht fühlen. Ich will, dass

er glücklich ist. Ich will ihm sagen, dass ich ihn nicht weniger lieb habe, wenn ich lesen kann. Pa und ich, wir sind sehr vorsichtig gewesen, wir sind immer auf Zehenspitzen um dieses Geheimnis herumgegangen. Aber es kann nicht sein, dass Pas Seite von unserem Geheimnis mich abhält, mich um meine Seite zu kümmern.

Als ich aus der Werkstatt komme, sehe ich meine Schwestern am Schuppen stehen. Charleen hat Krabbe auf dem Arm, Markey hat Lulu an der Hand. Alle vier starren sie zur Straße hin.

Die Straße hat so viele Buckel und Löcher, dass kein Auto schnell fahren kann. Aber das Auto, das wir ganz hinten am Ende der Straße sehen, bewegt sich überhaupt nicht. Es ist ein alter, verbeulter roter Caravan, der eine große Delle hat, die von vorne nach hinten geht.

»Wie lange steht das Auto schon da?«, frage ich.

Lulu kommt zu mir und nimmt meine Hand. »Es kommt immer. Ich sehe es ganz oft.«

Ich gucke Markey an. Die Wülste über ihren Augen rutschen so eng zusammen, dass sie sich berühren.

Während wir dastehen, rollt das rote Auto langsam los, als würde die Frau, die drin sitzt, beim Vorbeifahren mit den Augen unseren Garten und unser Haus und alles verspeisen. Unsere Blicke treffen sich und da weiß ich es. Sie ist es. Sie ist diejenige, die die Steuerschuld bezahlt hat und uns unser Haus weggekauft hat.

Ich lasse Lulu los und mache einen Schritt auf das Auto zu.

Dann fange ich an zu rennen und schüttele meine Fäuste.

Das Auto beschleunigt, fährt am Haus vorbei, an der Reihe alter Bäume vorbei und verschwindet am Friedhof um die Ecke.

»Sie ist weg«, sage ich, als ich zu meinen Schwestern zurückkomme.

Meine Schwestern nicken.

Und wir gehen alle zum Essen ins Haus.

Ein Geschenk

In diesen Tagen scheint es so, als würde die Sonne, kaum dass sie aufgegangen ist, ihre Meinung ändern, sich umdrehen und wieder untergehen. Die Hügel sind kahl und dürr, sie leiden unter Kälte und Schnee.

Auch Pa und ich leiden unter Kälte und Schnee. Niemand bringt Arbeit für Pa. Ich habe gedacht, sobald die Leute wüssten, dass Pas Werkstatt in Betrieb ist, würden sie Pa die Bude einrennen. Ich weiß nicht, warum sie das nicht tun. Es sieht so aus, als wollte niemand was mit uns Faulstichs zu tun haben – abgesehen von der Schule und Wachtmeister Rusk. Und der Frau in dem roten Auto. Und *die* nun wieder wollen *viel* zu viel mit uns zu tun haben.

Pa fegt die Werkstatt aus. Ich räume auf. Wir beide tragen unsere wärmsten Sachen. Pa hat keine Winterjacke. Er hat lange Unterhosen an und zwei Hemden und einen Pullover mit einem Loch unter dem Arm. Seine Wollhosen sind mit Flanell gefüttert. Darin sieht er aus, als hätte er Würste statt Beine, aber die Hosen halten ihn ziemlich warm.

Pa hat für die Werkstatt ein paar Schrottteile zu einem Ofen und einem Kamin zusammengeschweißt und genietet. Aber unser Holz reicht gerade mal, um das Haus zu heizen. Ich wünschte, wir hätten Bäume auf unserem Grundstück. Haben wir aber nicht. Die alten Bäume an der nördlichen Seite, die gehören zum Friedhof. Ich finde, wir könnten wohl ab und zu mal ein bisschen von dem Holz nehmen, aber Pa sagt Nein.

»Wie sieht's mit dem Geld für die Steuern aus, Pa?«, frage ich.

»Ich hab noch nicht viel gespart«, sagt Pa.

Ich blicke zu ihm hoch. Ich war mir sicher, dass wir bis jetzt praktisch genug gespart hätten, um das Haus zurückzukaufen.

»Deine Ma braucht das Geld. Ich geb ihr das meiste von dem, was wir verdienen. Das macht sie mächtig glücklich, Jule.«

»Was ist mit der Rechnung vom Holzplatz?«, frage ich.

Pa nickt. »Ich weiß. Ich weiß.«

Pa setzt sich auf seinen Hocker. »Vielleicht haben die Leute nach Weihnachten was anderes im Kopf als Feiertage. Vielleicht kommen sie dann her und lassen sich ihre Sachen reparieren.«

»Was ist mit *unserem* Weihnachten?«, frage ich.

»Ich denke, wir werden feiern, solang niemand was dagegen hat.«

Ich stöhne. »Ach, Pa. Wer würde denn was gegen Weihnachten haben?«

Wir haben Weihnachten nie groß gefeiert. Jedenfalls nicht, was die Geschenke betrifft. Aber das geht wohl in Ordnung so. Ich weiß, dass es Leute gibt, die viel mehr kriegen. Manchmal wünsche ich mir auch, wir hätten mehr. Aber wie viel braucht ein Mensch wirklich? Und Weihnachten mit Ma und Pa und meinen Schwestern, das fühlt sich so warm innen drin an wie sonst gar nichts.

Pa lässt Charleen und Markey und mich eine Bügelsäge mit über den Bach nehmen. Die Nachbarn erlauben uns aus ihrem Wald eine kleine Kiefer abzusägen und nach Hause zu schleppen. Wir dekorieren unseren Baum mit aufgefädeltem Popcorn, das Krabbe aber lieber essen will. Da machen wir eben Papiergirlanden und hängen die auf.

Pa bringt Stunden um Stunden in der Werkstatt zu.

Auch ich verbringe Stunden dort. Aber Pa darf nicht sehen, was ich mache. Und er lässt mich auch nicht gucken. Hin und wieder ist es draußen etwas milder und ich spüre die Kälte kaum. Es ist so schön in Pas Werkstatt. Rücken an Rücken arbeiten. Das Geräusch von Pas Hämmern. Das Geräusch, das ich mache, wenn ich mit der Abkante das Blech um die Ecken der kleinen Schachteln biege, die ich mache.

Am Weihnachtsmorgen essen wir Hirschwurst, die Geneva aus dem Hirsch zubereitet hat, den ihr Mann zuletzt geschossen hat. Ma hat für jede von uns Süßigkeiten gemacht. Und sie hat je drei Zuckerstückchen in kleine Stoffbeutel gewickelt. Ich habe für jeden in der Familie eine Blechschachtel gemacht, die kleinste ist für Krabbe, die größte für Pa. Die Schachteln haben genau die richtige Größe für die Süßigkeiten, die Ma uns gemacht hat. Pa gibt jeder von uns ein Päckchen. Es ist mit braunem Papier umwickelt und mit einem Band verschnürt, das Lulu sofort für ihr Schnurknäuel haben will. Als wir die Päckchen auswickeln, finden wir darin einen Teller, den Pa für uns gemacht hat. In jedem ist ein anderes Muster eingeritzt. Die Metallteller glitzern.

Krabbe macht keine Geschenke – sie ist zu klein –, aber Markey und Charleen haben in der Schule für alle ein Geschenk gemacht. Und Lulu hat sich an ihrem Geschenk für mich beteiligt. Sie haben sechsunddreißig Karteikarten mit Bindfaden beklebt, eine für jeden Buchstaben im Alphabet und je eine für die Zahlen Null bis Neun. Jeder Buchstabe und jede Zahl hat genau die richtige Größe für meine Finger. Lulu hat den Faden geopfert. Charleen und Markey haben stundenlang an den Buchstaben- und Zahlenkarten gearbeitet. Ich habe Angst, dass die ganze Arbeit umsonst gewesen sein könnte. Vielleicht habe ich mit dem *W* bloß Glück gehabt. Aber ich bin meinen Schwestern von Herzen dankbar. Und in mir drin wächst die Hoffnung, dass solch ein Geschenk was bewirken könnte.

Die größte Schachtel habe ich für Pa gemacht. Ich habe gedacht, dass er vielleicht das Steuergeld da drin aufbewahren könnte, aber er sieht, dass meine Karten ganz genau in seine Schachtel passen. »Vielleicht solltest du deine Karten hier rein legen«, sagt Pa. »Damit Krabbe sie nicht in den Mund stopft.«

Ich betrachte Pa einen Moment lang. »Ich könnte sie in der Werkstatt aufbewahren«, sage ich. »Da bin ich doch sowieso die meiste Zeit.«

Lulu sieht enttäuscht aus. »Ich wollte damit spielen.«

Markey sagt: »Lulu, das ist Jules Geschenk. Ich bin sicher, sie lässt dich jederzeit damit spielen, wenn du sie darum bittest. Aber sie kann sie aufbewahren, wo sie will.«

Markey denkt, ich will nicht, dass Lulu sieht, wie ich mit den Karten übe, weil sie dann wüsste, dass ich nicht lesen kann. Aber eigentlich will ich, dass Pa auch Gelegenheit hat, was zu lernen.

Wir sorgen dafür, dass Ma sich hinsetzt und die Füße hochlegt. Am Weihnachtstag machen wir die Küche sauber, so sauber, dass sie glitzert wie das Eis an den Bäumen. Und als wir mit der Küche fertig sind, machen wir das übrige Haus sauber. Pa macht mit und hilft auch.

Ma, die wegen ihrem Gewicht und dem Baby unter ihren Rippen Probleme mit dem Atmen hat, muss leise weinen, als sie sieht, wie schön sauber das Haus ist und wie hübsch unsere übereinander gestapelten Teller aussehen.

»Das ist ein guter Tag«, sagt sie. Und mit keinem Wort erwähnt sie den Holzplatz oder die anderen Rechnungen. Kein einziges Mal.

Und der verbeulte rote Caravan kommt an dem Tag auch nicht vorbei.

Charleen sagt, es liegt daran, dass die Straßen vereist sind. Aber ich denke, das ist unser wahres Weihnachtsgeschenk.

Besuch

An manchen Tagen kippt der Himmel schollenweise Eis herunter, an anderen Tagen Kübel voll Sonne. An den Sonnentagen, wenn Pa mich nicht braucht, wenn Ma und Krabbe und Lulu versorgt und meine großen Schwestern in der Schule sind, beschäftige ich mich mit den Karten, die Charleen und Markey für mich gebastelt haben. Manche Buchstaben gefallen mir besser als andere. Der Buchstabe *O* zum Beispiel, dieser Buchstabe scheint irgendwie freundlicher zu sein. Ich nehme mir immer wieder die Buchstaben vor, von denen ich denke, dass ich ihnen trauen kann. Aber sogar die machen nicht immer das, was sie meiner Meinung nach tun sollten.

An eisigen Tagen krieche ich mit Krabbe und

Lulu an den Herd, kümmere mich um die beiden und um Ma. Pa geht gleich in die Werkstatt, und sobald ich das Buch von dem Jungen mit der Trommel aufgesagt habe, gehe ich hinterher. An den ganz kalten Tagen kann ich nicht lange in der Werkstatt bleiben. Meine Füße brennen und meine Finger werden steif. Ab und zu gehe ich in die Küche und wärme mich auf, bevor ich mich wieder zu Pa in die Kälte wage.

Aber Pa bleibt in der eisigen Werkstatt. Er hat jetzt einige Aufträge. Ein paar Jungs aus der Stadt sind gekommen. Sie wollten eine Rampe bauen und haben gefragt, ob Pa ihnen helfen könnte. Andere Leute kommen mit einem kaputten Baumstammwender oder mit einem löchrigen Stück Ofenrohr zu uns. Pa nimmt jeden Auftrag an. Er liebt seine Werkstatt mit den schwarzen Werkzeugen und den rußigen Fenstern und dem starken Geruch nach verbranntem Öl. Ich auch. Aber manchmal ist es sogar für Pa dort zu kalt, und er kommt rein und wärmt sich die Hände und holt seine Fiedel raus und spielt für uns. An den Spätnachmittagen tanzt Charleen mit Krabbe, und Lulu tanzt mit mir, und Markey tanzt langsam mit Ma, bis Ma nicht mehr tanzen kann. Und wir sind alle ein bisschen eifersüchtig, dass Markey Ma als Partnerin hat, aber Markey hatte Ma zuerst und Ma hatte Markey, bevor wir anderen kamen.

Ich halte immer nach Wachtmeister Rusk Ausschau, genau wie ich nach dem roten Auto Ausschau halte. Aber als Wachtmeister Rusk im Januar kommt, ist es schon später Nachmittag. Die Schule ist aus und ich passe nicht mehr auf. Alle meine Schwestern sind zu Hause, als er mit seinem Polizeiwagen vorfährt. Wir warten leise in unserem Zimmer. Pa ist nicht da, er liefert ein Stück Rohr, eine Sonderanfertigung mit drei Knicken.

Ma ruft mich runter und ich setze mich zu ihr an den Tisch, gegenüber von Wachtmeister Rusk.

Durch das Lüftungsgitter kann ich Krabbe atmen hören und ich weiß, dass meine Schwestern sich um das Gitter versammeln und durch die Löcher zu uns runtergucken. Ich höre, wie Charleen »Sch« zu Lulu macht, bevor die ein Wort herausbringen kann. Ich sitze bei Ma und Wachtmeister Rusk und blicke auf meine Füße. Ich sage kein Wort.

»Miss Hamble hat mich heute angerufen«, sagt Wachtmeister Rusk. »Sie sagt, Julian war schon wieder nicht in der Schule, Mrs Faulstich.«

Ma nickt. »Sie hat mir und ihrem Pa ein bisschen unter die Arme gegriffen.«

»Was ist mit der Kinderbetreuung für Ihre beiden Kleinen?«, fragt Wachtmeister Rusk. »Wie klappt das?«

Ma schüttelt den Kopf. »Nicht so gut. Es sind zwei oder drei Frauen gekommen. Keine von ihnen ist geblieben.« Ma macht ein schuldbewusstes Gesicht, als wäre das ihr Fehler. Ist es aber nicht.

»Sie haben drei Kinder im schulpflichtigen Alter, Mrs Faulstich.«

Das weiß Ma.

»Alle drei sollten zur Schule gehen.«

Ma sagt: »Jule hier, sie ist ein kluges Kind. Sie lernt alles Mögliche da draußen in der Werkstatt von ihrem Pa.«

»Ja, ja«, sagt Wachtmeister Rusk. »Aber die Stadt ist der Meinung, dass Julian ihre ganze Klugheit mit in die Schule nehmen sollte.«

Meine Nase juckt. Ich kräusele sie, versuche das Jucken zu lindern. Ich halte meine Hände auf dem Rücken. Von der Arbeit in der Werkstatt sind sie ziemlich schwarz, und ich finde nicht, dass Wachtmeister Rusk das sehen muss.

Ma sieht hilflos aus. Sie weiß, ich sollte in die Schule gehen. Sie möchte, dass ich in die Schule gehe. Sie weiß auch, dass ich es hasse. »Die Schule spricht Jule im Moment nicht so an, dass sie drauf hören könnte«, sagt Ma schließlich. Und zuckt mit den Achseln.

»Das muss sie aber, Mrs Faulstich«, sagt Wachtmeister Rusk, »das Gesetz verlangt von ihr zur

Schule zu gehen, und zwar bis sie sechzehn Jahre alt ist. Dann ist Schluss, wenn Julian das will.«

Sechzehn. Da bin ich drei Jahre älter, als Markey jetzt ist.

Wachtmeister Rusk gibt Ma einen Umschlag.

»Mrs Faulstich, das ist die letzte Aufforderung. Ich muss das tun. Wenn Julian noch einen Tag fehlt, dann werden Sie und Ihr Mann vor Gericht erscheinen müssen. So ist das Gesetz. Eltern, die ihre Kinder nicht zur Schule schicken, müssen mit Konsequenzen rechnen. Tut mir Leid. Ihre Tochter hat ein Recht auf Bildung. Das Gesetz verlangt, dass ich mich darum kümmere.«

Ich habe Mühe, meine Spucke runterzuschlucken. Meine Schwestern können das Geräusch hören, das ich dabei mache. Lulu kichert. Oben gibt's einen Laut, als würden Vogelfedern aufstieben. Dann ist es still. Ich spüre, wie ein Grinsen auf mein Gesicht kriecht, obwohl ich es gar nicht zeigen darf. Nicht jetzt. Ma würde sehr böse werden, wenn sie denken müsste, ich finde das alles komisch. Ich finde nicht, dass es komisch ist. Nur – wie meine Schwestern da oben lauschen und versuchen ganz leise zu sein. Das ist komisch.

Ma stellt Zuckerstückchen in einer Schale, die Pa gemacht hat, auf den Tisch. Es ist eine von Pas schönsten Schalen. Vielleicht zehn bis fünfzehn Würfel auf einmal sind darin. Und sehen sie nicht aus, als wären sie für einen König aufgetischt, wie sie da so hübsch in Pas Schale liegen? Als es in der Werkstatt sonst nichts zu tun gab, hat Pa für Ma einige furchtbar schöne Sachen gemacht.

»Nein, vielen Dank, Mrs Faulstich«, sagt Wachtmeister Rusk zu Ma, die ihm den Zucker in der Schale anbietet.

Wachtmeister Rusk sieht aus, als ob es ihn traurig macht, hier zu sein. Richtig traurig. Er tut mir Leid.

»Ich gehe in die Schule«, sage ich.

Wachtmeister Rusk guckt mich an.

»Ich gehe. Morgen. Sagen Sie Miss Hamble, dass ich da sein werde.«

Er nickt.

»Und – Wachtmeister Rusk?«, sage ich.

Er guckt mich an, guckt mich direkt an, als ob er sich wirklich für das interessiert, was ich ihm sagen will.

»Wachtmeister Rusk«, sage ich zu ihm. »Alle nennen mich Jule. Einfach Jule.«

Lächeln im Regen

Geneva kommt. Bisher kam sie einmal in der Woche, aber jetzt kommt sie jeden zweiten Tag, denn es dauert nicht mehr ganz zwei Monate, bis Ma ihr Baby kriegt. Geneva hat Angst, dass Ma nicht sorgfältig genug kontrolliert, wie viel Zucker sie im Blut hat. Aber Ma tut alles, was Geneva sagt. Ich beobachte sie jeden Tag. Ma tut es nicht gerne, aber Geneva hat gesagt, wenn Ma es nicht tut, könnte es dem Baby schaden. Und das ist für Ma Grund genug, Löcher in ihre Finger zu pieksen, obwohl sie das furchtbar findet. Ma ist inzwischen sehr geschickt, was das Stechen betrifft. Ich kann ihr dabei zugucken. Pa kann das nicht.

Ma zeigt Geneva den Krug, die Schüssel und

den Trichter, alles Dinge, die Pa in letzter Zeit für sie gemacht hat.

»Er ist mächtig gut, Glory«, sagt Geneva und klingt dabei fast so stolz wie Ma, wenn sie von Pas Arbeit spricht. »Bringt er seine Sachen zum Verkaufen in die Stadt?«

Ich spitze die Ohren.

»Ach, dafür hat er keine Zeit«, sagt Ma. »Er hat genug zu tun.«

Geneva ist fertig mit der Untersuchung von Ma und fängt an ihre schwarze Tasche zu packen. »Würde eins von euch Mädchen mit raus zum Auto kommen und mir mit dem Karton helfen?«

Einmal in der Woche bringt Geneva einen Karton voll Essen von der Regierung: Käse, Milchpulver, Mehl und Getreideflocken.

Ich gehe mit Geneva raus in den Regen und bleibe neben ihrem Auto stehen.

»Wo in der Stadt könnte Pa seine Sachen verkaufen?«, frage ich und halte gleichzeitig nach dem roten Auto Ausschau. Es kommt oft um diese Tageszeit.

Geneva hat ihren Kopf in den Kofferraum ihres Autos gesteckt. Sie zieht ihn heraus und richtet sich auf. »Was hast du gesagt, mein Kind?«

»Sie haben gefragt, ob Pa seine Sachen schon mal in der Stadt verkauft hat«, sage ich. »Wohin muss er gehen, wenn er das will?«

»Es gibt einen Laden in der Hauptstraße, Kunsthandwerk aus den Bergen. Die Arbeiten von deinem Vater würden sich da richtig gut machen, denke ich.«

Pa brauchte sich nicht bloß auf die Aufträge für die Werkstatt zu verlassen. Er könnte Sachen verkaufen wie Ma. Wenn die Frau, die Mas Körbe und das andere abholt, das nächste Mal kommt, dann könnte sie auch ein paar von Pas Arbeiten zum Verkaufen mitnehmen.

Zum ersten Mal seit langem kann ich mir vorstellen, dass wir die Steuerschuld *vielleicht* bezahlen *können*. Und auch die Rechnung vom Holzplatz. Ich denke an all die schönen Dinge, die Pa für Ma gemacht hat, und das ist wie ein Licht, das in die Dunkelheit scheint, und ich kann sehen, ich kann wirklich sehen, dass es einen Ausweg gibt.

Es ist mir egal, dass es regnet. Ich bleibe einfach neben Genevas Auto stehen und lächele.

Gründe

Ich glaube nicht, dass die Sonne im Februar auch nur einmal ihr Gesicht gezeigt hat. Der Fahrweg besteht nur noch aus Schlamm, und der ist an manchen Stellen so tief, dass ich denke, er könnte vielleicht über meinen Kopf schwappen, wenn ich reintrete. Der Schlamm hat allerdings einen Vorteil. Das verbeulte Auto ist fast einen Monat lang nicht gekommen.

Ma bewegt sich langsam, so langsam, dass ich denke, bald wird sie wohl rückwärts gehen.

Pa will den Lieferwagen mit Tellern und Laternen und Kisten und Kerzenständern voll laden und alles in die Stadt in den Kunsthandwerkladen bringen. Ich will mit ihm fahren, aber noch lieber will ich in die Schule gehen. In den letzten Wochen bin ich ziemlich regelmäßig gegangen. Ich habe diese Tests gemacht, wie Miss Hamble es wollte. Ich musste alle möglichen Wörter lesen. Ich habe auch versucht einen ganzen Absatz zu lesen. Dann hat jemand was vorgelesen und ich musste zuhören. Sie haben mir Fragen über das gestellt, was ich gehört habe. Ich habe sogar ein paar Spiele spielen dürfen, mit Labyrinthen und solchen Sachen.

Jetzt bin ich die meiste Zeit bei Miss Hamble in der dritten Klasse. Aber eine bestimmte Zeit am Tag verbringe ich mit Miss Hobarth und zwei Jungen aus der fünften und einem Mädchen aus der sechsten und Ross aus Miss Deals Klasse. Wir üben lesen. Die Karten, die Markey und Charleen für mich gemacht haben, helfen ein bisschen, aber ich bin immer noch mächtig langsam, wenn es ans Lesen geht. Miss Hamble lässt mich nicht mehr vor der ganzen Klasse lesen. Sie lässt mich auch nicht mehr nach vorne an die Tafel kommen. Sie überprüft meine Arbeit auf stille, unauffällige Art und Weise, so dass ich mich nicht zu schämen brauche.

Miss Hamble will uns ein Stück aufführen lassen. Sie hat uns ein Buch vorgelesen. Es handelt von Menschen, die an einem Ort wohnen, der Sjora oder so ähnlich heißt. Das ist in Holland. Holland ist ein Land, wie Amerika, nur eben woanders. Und da gibt's Kinder, die dort leben, und die machen sich Sorgen, weil die Störche wegbleiben. Miss Hamble lässt uns die verschiedenen Personen in dem Buch spielen. Jetzt fügen wir alles zu einem Theaterstück zusammen. Ich bin Lina. Das ist die beste Rolle aus dem ganzen Buch. Charleen und Markey helfen mir ein bisschen, aber die Wörter gehören alle mir.

»Miss Hamble hat dir die größte Rolle gegeben«, sagt Charleen, als wir zur Schule gehen.

Ich grinse. »Ich weiß.«

»Warum hat sie das getan?«, fragt Charleen.

Ich habe nicht darüber nachgedacht, aus welchem Grund Miss Hamble mir die Rolle von Lina gegeben hat, außer dass sie vielleicht geglaubt hat, ich könnte richtig gut sein.

»Wahrscheinlich hat sie gedacht, du würdest regelmäßig zur Schule kommen, wenn du die Rolle von Lina kriegst«, sagt Charleen. »Das wäre typisch Lehrerin.«

Plötzlich habe ich das Gefühl, innen drin ganz leer zu sein. Und noch dazu ganz hässlich.

Bevor ich weiß, was ich tue, schlage ich zu und verpasse Charleen eine kräftige Ohrfeige.

Charleen haut sofort zurück.

Markey stellt sich zwischen uns und zwingt uns aufzuhören.

Mein Kinn tut das, was es manchmal macht,

wenn ich kurz vor dem Weinen bin. »Markey, glaubst du, dass ich deswegen die Rolle gekriegt habe?«, frage ich.

Markey wirft Charleen einen Blick voller Stacheln zu. Dann dreht sie sich zu mir um. »Jule, du hast doch Miss Hamble vorgesprochen, oder?«

Ich nicke.

»Ich bin sicher, Miss Hamble ist froh, dass du jeden Tag in die Schule kommst, aber sie hat dir die Rolle nicht gegeben, damit du in der Schule bleibst. Sie hat dir die Rolle gegeben, weil sie weiß, dass du gut bist. Und du bist gut, Jule.«

Charleen nickt. »Stimmt.«

Charleen sieht aus wie ein Hund, der den Schwanz zwischen die Beine geklemmt hat, so Leid tut es ihr.

Aber es ist zu spät. Ich habe plötzlich das Gefühl, dass ich heute weder Miss Hamble noch den Kindern aus meiner Klasse begegnen möchte. Ich will nach Hause.

Ich sage: »Geht nur weiter. Ich glaube, ich gehe nach Hause und gucke, was Pa macht. Vielleicht hat er Probleme, den Lieferwagen durch den Schlamm zu kriegen. Er muss die Sachen zum Verkaufen in den Laden bringen, sonst kriegen wir nie unser Haus zurück.«

»Wie viel hat er schon gespart, Jule? Weißt du das?«, fragt Charleen.

Ich schüttle den Kopf. »Ma hat von dem Geld, das Pa vor Weihnachten verdient hat, viel für Rechnungen ausgegeben. Seitdem hat Pa nur ein paar Aufträge gehabt, aber auch davon hat er Ma das meiste Geld gegeben. Ich glaube nicht, dass Pa besonders gut im Sparen ist.«

Meine Wangen verfärben sich, bloß weil ich schlecht über Pa denke. Aber im Oktober schien es, als hätten wir ewig Zeit. Jetzt haben wir schon bald Ende Februar. Das Frühjahr kommt. Und dann der Sommer. Und dann der erste September.

Ich versuche die Sache ins richtige Licht zu rücken. »Ist trotzdem noch eine ganze Weile hin«, sage ich.

»Nicht lange genug, wenn Pa nicht bald anfängt was zu sparen, Jule«, sagt Charleen.

»Vielleicht verkauft die Frau in der Stadt alles, was Pa bringt. Es hat doch auch mit den ersten Sachen, die er gebracht hat, gut geklappt«, sage ich.

Markey sagt: »Pa tut, was er kann.«

Ich nicke. »Dann geh ich mal zurück und helf ihm durch den Schlamm.«

»Kommst du danach in die Schule?«, fragt Markey. »Soll Charleen Miss Hamble sagen, dass du kommst?«

»Weiß nicht.«

»Jule, Miss Hamble rechnet mit dir.«

Das weiß ich. Ich zucke mit den Achseln. Mein Kinn macht sich schon wieder selbstständig. Ich will nicht, dass meine Schwestern mich weinen sehen. Ich drehe ihnen den Rücken zu und mache mich auf den Weg nach Hause.

Pa steckt fest

Pa«, rufe ich.

Er steht da und starrt auf den Schlamm, der die untere Hälfte der Wagenräder verschlingt. Pa nimmt seine Kappe ab, kratzt sich am Kopf und betrachtet stirnrunzelnd den Schlamm.

»Pa«, rufe ich wieder.

Pa blickt auf. »Ich steck fest«, sagt er.

Ich nicke.

»Ich sollte gleich heute früh zu der Frau vom Laden kommen«, sagt Pa.

»Du darfst nicht zu spät kommen, Pa.«

»Ich weiß.«

»Hast du was in der Werkstatt, was dich rausholen kann?«

»Nö«, sagt Pa. »Aus Metall kann ich keine Straße bauen. Keine Haftung.«

»Können wir die Räder ausgraben?«

»Nö«, sagt Pa. »Schon versucht. Sobald man den Schlamm an einer Stelle weggegraben hat, rutscht er von der anderen Seite einfach nach.«

»Und wenn ich grabe, während du fährst?«

Wir versuchen es. Es bringt nichts. Man kann nicht fahren, wenn nur ein Reifen fasst. Die anderen drei stecken noch fest. Ma kann in ihrem Zustand nicht helfen und Lulu und Krabbe sind zu klein. Vielleicht, wenn meine Schwestern mit zurückgekommen wären. Ich hätte sie dazu überreden sollen.

»Pa, was sollen wir machen? Bleibt der Lieferwagen jetzt für immer hier stecken?«

Pa verschränkt die Arme über seinem Flanellhemd. »Könnt wohl sein«, sagt er.

»Das kann nicht sein, Pa. Du musst in die Stadt.« Ich spüre, wie die Tränen wieder in meine Augen schießen wollen, und ich schüttele den Kopf wie eine Katze, die einen Floh im Ohr hat. Wenn wir den Lieferwagen im Schlamm stecken lassen, dann kriegen wir nie die Sachen in die Stadt, wir kriegen nie das Geld für die Steuerschuld zusammen und wir verlieren unser Haus für immer.

»Gannon!«

Wir beide fahren herum und blicken zum Haus.

Ma hält sich an der Tür fest. So wie sie sich vorbeugt, weiß ich sofort, dass irgendwas Schlimmes passiert ist, irgendwas ganz Schlimmes.

Ein Wunder

Das Baby kommt!« Ma schreit. Sie rutscht am Türrahmen runter, wie in Zeitlupe, und ich höre ein Stöhnen, das ich schon gehört habe, als Ma Lulu und Krabbe zur Welt gebracht hat. Es klingt nicht menschlich, das Geräusch, das Ma macht, aber ich weiß, am Ende wird Ma da sein und ein neues Baby.

Pa wird kreidebleich. »Geh rein und hilf deiner Ma, Jule«, sagt er. »Was für ein Tag ist heute? Wann kommt Geneva?«

»Sie war gestern hier«, sage ich. »Sie kommt erst morgen.«

»Morgen ist zu spät«, sagt Pa. »Ich gehe sie sofort holen.«

Dann fällt ihm ein, dass der Lieferwagen feststeckt.

Wir beide rasen die Auffahrt hoch, stapfen über Schneereste mit Schlammrändern. Die Erde riecht nach Frühling; mit jedem Schritt dringt der feuchte Geruch an meine Nase.

Pa und ich helfen Ma aufs Sofa in der Küche. Ich hätte nie geglaubt, dass die Küche so weit weg vom Eingang unseres kleinen Hauses ist, aber schließlich haben wir Ma drinnen und auf dem Sofa.

»Was kann ich tun, Ma?«, frage ich.

Ich schaffe es, Ma eine saubere Plastiktischdecke unterzuschieben und ein paar trockene Handtücher zu holen.

Pa holt Holz und bringt den Herd zum Knacken. Er guckt von mir in meinen schlammigen Schuhen zu Ma, die hilflos auf dem grünen Sofa liegt. Aus Pas Kehle kommt ein komischer Laut, dann rennt Pa nach draußen, gräbt und flucht, flucht und gräbt und versucht den Lieferwagen aus dem Schlamm zu befreien.

Ma keucht wie ein gequälter Hund. Manchmal stößt sie dieses Stöhnen heraus, manchmal verzieht sie ihr Gesicht, als wäre sie irgendwo ganz weit weg. Ab und zu streichelt sie meinen Arm und lächelt mir betrübt zu, bevor sie wieder anfängt zu stöhnen.

Krabbe und Lulu beobachten Ma und Krabbe wird ganz unruhig. Ich gebe ihr die letzte der

Orangen, die Geneva gestern gebracht hat, und damit ist Krabbe eine Weile beschäftigt.

Ma flüstert: »Jule.«

Ich gehe näher an sie heran, streichele ihr Gesicht. Sie drückt meine Hand fester, als sie eigentlich will. Es tut weh. Sie würde mir nie absichtlich wehtun, aber ihr tut selber innen drin alles weh und sie merkt nicht, dass sie mich da mit reinzieht.

»Jule«, flüstert sie. »Schaff die Kleinen hier raus, Schatz. Sofort.«

Ich weiß nicht, was gleich passieren wird, aber mir ist klar, dass Ma es ernst meint.

Ich denke, so schnell ich kann. »Lulu«, sage ich. »Ich wette, du hast den Winter über vergessen, wie man Rad fährt.«

Lulu guckt mich an. Sie überlegt, ob ich das wirklich meine oder ob ich sie loswerden will.

»Ra, Ra«, quiekt Krabbe, rennt zur Tür und trommelt mit ihren kleinen Fäusten daran. »Ra, Ra.«

»Ich wette, Pa hat den Wagen aus dem Schlamm, bevor du dich überhaupt dran erinnert hast, wie ein Fahrrad aussieht.«

Das zieht. »Komm mit, Krabbe«, sagt Lulu.

Sie sind aus der Küche.

»Gut gemacht, Schatz«, flüstert Ma.

Ihr rinnt der Schweiß herunter. Sie zittert.

Trotz allem, was im Haus vorgeht, spüre ich plötzlich, wie sich Wärme auf meinen Schultern ausbreitet. Es ist die Sonne. Zum ersten Mal seit einem ganzen Monat kommt die Sonne raus.

Ich wende ihr mein Gesicht zu. »Die Sonne ist da, Ma«, sage ich.

Eine Minute lang antwortet Ma nicht. Dann sagt sie: »Geh draußen pinkeln.«

Ich drehe mich erstaunt um. Habe ich richtig gehört?

»Was, Ma?«

Wieder Schweigen. Dann murmelt Ma etwas, was ich nicht verstehen kann.

Ich weiß nicht, ob das so sein muss. Ich versuche mich daran zu erinnern, wie das war, als Lulu geboren wurde, aber da war ich selber noch so klein. An Krabbes Geburt erinnere ich mich besser. Ma hat sich nie so verhalten, als sie Krabbe gekriegt hat. Das hier sieht aus wie einer von den Anfällen, die Ma wegen ihrer Diabetes hat, nicht wie Kinderkriegen.

Das Zuckermessgerät und das ganze andere Zeug liegt neben Mas und Pas Bett. Ich hole die Sachen in die Küche.

»Ma!«

Sie antwortet nicht. Ihre Augen blicken weit in die Ferne.

Ich versuche Ma die Sachen zu geben, damit sie

es selbst machen kann, aber Ma liegt einfach auf dem Sofa und guckt so wie Pa damals, als er und Großvater Faulstich zu viel getrunken hatten.

Ich überlege, was Geneva wohl tun würde, wenn sie hier wäre. Und ich weiß, was ich tun muss, obwohl es mir nicht gefällt. Ich drücke den Stift an Mas Finger und lasse die Klinge springen, die in Mas Haut piekst. Ich lasse den Tropfen Blut auf den Streifen fallen und schiebe den Streifen in das Gerät.

In dem Moment spüre ich, wie mich die Panik packt. Jetzt gibt es plötzlich nur noch Ma und mich. Und Ma weiß noch nicht einmal, wo sie ist. Also bleibe nur noch ich, um die Zuckerzahlen abzulesen. Und ich muss sie richtig lesen. Wenn ich Ma helfen will, muss ich sie ganz genau richtig lesen. Aber Zahlen sind schwer, noch schwerer als Buchstaben. Ich muss daran denken, wie oft ich vorne an der Tafel alles ausgewischt habe, ausgewischt, bis da nur noch ein einziges Durcheinander war.

Ich kneife die Augen zusammen und gucke auf die Anzeige, auf der steht, wie viel Zucker Ma in ihrem Blut hat.

Ma stöhnt. Das klingt überhaupt nicht wie sie. Ich will, dass sie mir sagt, was ich tun muss, aber so, wie's aussieht, kann sie mir im Moment überhaupt nichts sagen.

Ich kneife noch einmal die Augen zusammen. Ich glaube, da steht 300. Das heißt, Ma hat viel Zucker, wahnsinnig viel, und sie braucht Insulin, damit der ganze Zucker weggeht.

Ich gucke noch einmal auf die Zahlen.

Nicht 300.

Da steht 030.

Ich lege meinen Finger auf die Leuchtanzeige. Null. Drei. Null.

Mas Augen sind offen, aber sie sieht nichts. Sie stöhnt nur. Wenn die Zahl 030 ist, dann braucht Ma Zucker und kein Insulin. Sie braucht Zucker, und zwar schnell. Ihr wird es nur besser gehen, wenn ich ihr Zucker gebe. Wenn ich mich nicht irre.

Wo ist Pa? Ich habe Angst, Ma alleine zu lassen, während ich zur Tür renne und ihn rufe.

Wieder gucke ich die Zahlen an, aber ich kann sie nicht festhalten.

Ich rase zur Tür. »Pa …«, will ich rufen.

Der Lieferwagen ist weg. Pa ist weg. Ich sehe nur Lulu auf ihrem Fahrrad und Krabbe, die sie durch den Garten jagt.

Ich rase zu Ma zurück. »Pa ist weg«, sage ich.

Ich gucke noch einmal. Null. Drei. Null. Ich darf mich einfach nicht irren.

»Wie bringe ich deinen Zucker hoch, Ma?«, frage ich.

Ihre Augen starren zur Decke. Mir ist klar, dass sie mich nicht hören kann.

Meine Hände zittern, als ich einen Stuhl zum Regal schiebe und hochsteige und hinter der Kräckerschachtel und den Nudeln krame, bis ich schließlich die Zuckerwürfel finde.

Ich verstreue Zuckerwürfel über Ma und das Sofa, während ich versuche Ma einen Würfel in den Mund zu schieben. Sobald ich einen drin habe, halte ich Mas Kopf, dass sie nicht dran erstickt. Ich halte ihren Kopf in meinen Armen und ich streiche ihr das nasse Haar von den Wangen und der Stirn. Und wenn ein Würfel weg ist, stecke ich den nächsten rein.

Es scheint ewig zu dauern. Aber langsam kommt Ma aus weiter Ferne zurück. Und gerade zur rechten Zeit.

Sie sieht das Messgerät neben sich liegen. Sie sieht die verstreuten Zuckerwürfel. Und sie drückt meine Hand fest, knochenknackend fest. Ma flüstert: »Es wirkt, Jule.«

»Ma, geht's dir gut?«

Sie nickt vorsichtig. »Aber du musst noch was für mich tun, Jule. Kannst du noch was tun, Jule?«

Ich nicke.

»Du musst mir helfen das Baby auf die Welt zu bringen.«

Ma sagt mir, was ich tun muss, eins nach dem anderen.

Ich knie auf dem Sofa, zwischen Mas Füßen. Ich habe Ma noch nie untenrum nackt gesehen. Aber ich denke an die bunte Katze auf dem Autofriedhof und ich sage mir, das ist in Ordnung. Ein Baby wird geboren. Das sage ich mir.

Der Kopf schiebt sich heraus. Ich kann erst sagen, dass es ein Kopf ist, als er ganz draußen ist. Denn da dreht er sich um und ich sehe das Gesicht des Babys, ganz verschrumpelt und verschwiemelt, und eine Schulter kommt heraus. Und meine Hände sind voll mit glibbrigem Zeug und sie halten plötzlich ein ganzes, lebendiges, sich windendes, quieksendes Baby.

»Ma, es ist ein Baby«, sage ich.

Ma lacht richtig freundlich. »Was hast denn du gedacht, Jule?«

»Da hängt eine kleine Schnur dran, Ma.«

»In der Schublade sind saubere Schnürsenkel, Jule. Du brauchst zwei Stück. Leg das Baby ab und hol sie.«

»Geht's dir immer noch gut, Ma?«, frage ich.

»Von Minute zu Minute besser, Schatz«, sagt Ma und steckt sich noch einen Zuckerwürfel in den Mund.

Ich binde beide Schnürsenkel mit etwas Abstand an die Schnur, die vom Baby in Ma hineinläuft. Ich ziehe die Schnürsenkel ganz fest zusammen, so wie Ma sagt.

Dann sagt Ma, ich soll die Schnur in der Mitte, zwischen den beiden Schnürsenkeln durchschneiden, und das tue ich. Ich wickle das Baby in ein Handtuch und lege es so, dass Ma es sehen kann.

Sie streckt die Hände aus und nimmt das Baby.

Ma wickelt es aus und betrachtet es, von oben bis unten.

»Du hast noch eine Schwester bekommen, Jule«, sagt Ma.

Ich grinse.

»Dein Pa wird enttäuscht sein«, sagt sie.

»Pa nicht«, sage ich, »er hat gerne Mädchen.«

»Du hast deine Sache gut gemacht, Jule«, sagt Ma. Und mein Kinn zittert wieder und mir kommen wieder die Tränen, aber ich habe nicht mehr das Gefühl, dass sie mich klein machen. Ich fühle mich so riesig wie der Himmel.

Ich gucke Ma an. In einem ihrer Augen ist ein kleiner Streifen Blut zu sehen, von der Anstrengung. Mas Wangen sind so rot wie Kirschbonbons. Aber sie lächelt und atmet wieder ganz normal. Und das Baby zappelt nicht mehr herum, sondern liegt still in seinem Handtuch, sein runzeliges Gesicht ist ganz verschwiemelt und die Augen hat es zusammengekniffen. Die Kleine schnauft, als wäre sie gerade weit gerannt.

Ich küsse meine neue Schwester auf ihre feuchte Stirn. Den Geschmack kenne ich.

Ma küsst das Baby an derselben Stelle und lächelt. »Zucker«, sagt sie. Und ich weiß, das Baby hat einen Namen.

Die Vorladung

Kurz nachdem ich Ma das Baby gegeben habe, kommen Pa und Geneva. Pa hatte Steine unter die Räder des Wagens gepackt und war allmählich aus dem Schlamm geklettert, bis er schließlich mit den Rädern aufs Pflaster kam. Pa sagt, er ist in weniger als fünf Minuten in der Gemeindestation gewesen. Ich möchte mir lieber nicht vorstellen, wie schnell er dazu gefahren sein muss.

Geneva sagt, sie ist in ihr eigenes Auto gesprungen und ist Pa gefolgt und beide sind wie die Feuerwehr hierher gedüst.

Geneva untersucht Zucker von oben bis unten, von innen und außen. Dann versorgt sie Ma. Als Geneva Mas Blutzucker testet, ist der Wert fast so, wie er sein soll.

»Ich wollte gerade herfahren«, sagt Geneva. »Ich hatte schon die Tasche in der Hand, als Gannon hereinplatzte. Ich hatte einfach das Gefühl, heute ist der Tag. Tut mir Leid, dass ich die Entbindung versäumt habe, Glory, aber Jule hat ja alles ganz wunderbar gemacht.«

Am nächsten Nachmittag liegt Ma mit Zucker auf dem Küchensofa und wir sind alle zu Hause, obwohl es ein Schultag ist.

Ma sagt zu Pa: »Hast du gestern die Sachen in die Stadt gebracht, Gannon?«

Pa wird blass. »Hab ich vergessen.«

Ma lacht. Sie sagt: »Geh schon und schaff das Zeug da hin. Ich bin sicher, die Frau im Laden wird Verständnis haben, wenn du ihr von dem Baby erzählst.«

Aber kurz nachdem er weg ist, ist Pa schon wieder zurück.

»Was ist los, Pa?«, frage ich.

Pa schüttelt den Kopf. »Ich habe gerade den Wagen angelassen, da kommt Wachtmeister Rusk angefahren. Er kommt zu mir an den Wagen und fragt: Wie geht's Jule? Ich sage, gut geht's ihr. Und ich will ihm gerade erzählen, wie Jule das Baby auf die Welt geholt hat, da gibt er mir diesen Umschlag und fährt weg. Es sieht wichtig aus, Glory. Ich dachte, ich zeig's dir lieber gleich.«

Ich sehe zu, wie Pa zu Ma geht und ihr den Umschlag gibt.

Ma nimmt den Umschlag. Das sieht so natürlich aus, als wüsste sie, dass der Brief in Pas Händen nicht gut aufgehoben ist. Es war so einfach, wie sie das getan haben. Wenn sie das doch bloß genauso mit den Steuerbriefen gemacht hätten.

Ma macht den Umschlag auf und liest ein paar Worte und plötzlich zittern ihre Hände. »Es ist eine Vorladung. Fürs Gericht.« In ihrer Stimme klingt Angst. Große Angst. Zucker fängt an zu weinen und Ma nimmt das Baby hoch, und indem sie Zucker beruhigt, wird sie selber wieder ruhig. »Das ist, weil Jule Schule versäumt hat, Gannon. Hier steht, sie wollen uns mit einer Buße bis zu tausend Dollar bestrafen und wir müssen bezahlen. Eintausend Dollar. Weil Jule nicht in der Schule war.«

Pa sinkt auf den Küchenstuhl, er lässt den Kopf hängen. Ich habe ihn noch nie so traurig gesehen wie jetzt, niemals. Und ich habe Pa bestimmt schon oft traurig gesehen.

»Es tut mir so Leid, Glory«, flüstert er.

»Du hast auch nicht mehr Schuld als ich«, sagt Ma.

Aber Pa lässt seinen Kopf nur noch tiefer hängen, als wäre das Gewicht an seinem Hals einfach zu schwer.

»Ich schaff's nicht«, sagt er. »Ich schaff's einfach nicht.«

»Was schaffst du nicht?«, fragt Ma.

Meine Schwestern und ich, wir rücken dicht zusammen. Lulu hält sich an meiner Hand fest.

Pa blickt Ma an. Der Ausdruck in seinem Gesicht bricht mir das Herz. »Glory, wir haben alles verloren.«

Ma sagt: »Was soll das heißen, Gannon?«

»Wir haben das Haus verloren«, sagt Pa.

Ma steht auf, langsam, mühsam. Sie gibt mir Zucker. Markey und Charleen helfen ihr sich auf den Stuhl neben Pa zu setzen. »Was soll das heißen, Gannon? Was soll das heißen, wir haben das Haus verloren?« Ihre Stimme ist ruhig und geduldig. Als würde sie mit Lulu oder Krabbe sprechen.

Und dann, nach all den Monaten der Geheimniskrämerei, beichtet Pa die Sache mit den Briefen und den Steuern. Er erzählt Ma, wie er versucht hat das Haus zurückzukaufen, wie aber jedes Mal, wenn er ein bisschen Geld gespart hatte, was dazwischenkam. Er erzählt, dass wir nur noch bis zum ersten September Zeit haben und dass er bis jetzt dreihundert und zweiundzwanzig Dollar gespart hat. »Und jetzt will das Gericht tausend Dollar von uns.«

Pa starrt aus dem Fenster, seine Augen schwimmen. Seine beiden großen Schlosserhände sind zu Fäusten geballt. »Wenn ich lesen könnte«, sagt er mit verzerrter Stimme. »Wenn ich lesen könnte, dann wäre das nicht passiert.«

Pa blickt beschämt zur Seite.

Es dauert eine Sekunde, bis es ankommt, aber dann kommt es an und Lulu sagt: »Du kannst nicht lesen, Pa?«

Pa schüttelt den Kopf.

Er sieht so niedergeschlagen, so einsam aus, als wäre er schließlich doch in das schwarze Loch gefallen, von dem ich ihn die ganze Zeit habe weghalten wollen. Aber ich kann ihn nicht alleine da reinfallen lassen. Ich blicke Lulu an. Ihr Gesicht ist wie verknotet und ich weiß, dass mit dem, was ich jetzt sage, auch ich in dieses Knäuel geraten werde. Aber ich kann nicht zulassen, dass Pa sich alles selber anhängt. Das ist zu viel.

»Ich kann auch nicht lesen, Lulu«, sage ich.

»Doch, kannst du wohl«, sagt Lulu. »Du liest mir jeden Tag vor.«

»Ich tu nur so, als ob ich lese«, sage ich. »Ich erzähle die Geschichte so, wie ich denke, dass sie da steht. Ich habe sie nie gelesen. Niemals.«

Und Lulu kneift ihre Augen zusammen, bis ich das Gefühl habe, zwischen den kleinen Schlitzen zerquetscht zu werden.

Ich kann mein Kinn nicht ruhig halten, und

egal, was ich mit meinem Gesicht auch anstelle, es tut nicht, was ich will.

Ma steht auf und kommt zu mir. »Du kannst wohl lesen, Jule. Wenn du nicht lesen könntest, Schatz, dann wären hier nur fünf kleine Mädchen und ein dummer alter Mann, und kein Baby und keine Glory Faulstich.«

Und Ma erzählt die Geschichte von dem Messgerät. Das hatte ich total vergessen.

»Das war bloß Glück«, sage ich.

»Nein, das war es nicht«, sagt Charleen. »Das war Lesen.«

Am nächsten Tag bleiben Markey, Charleen und ich bei Lulu und Krabbe, während Ma und Pa mit dem Baby in die Stadt fahren, um zu Dr. Michaels zu gehen und um Pas Arbeiten im Kunsthandwerkladen abzugeben. Ma ist ganz nervös, weil sie aus dem Haus muss, aber Pa ist bei ihr. Mit einem Arm hält sie sich an Pa fest, im anderen hat sie Zucker.

Sobald sie nicht mehr zu sehen sind, schubst Lulu Krabbe, mit voller Absicht; Krabbe fällt hin und knallt mit dem Kopf auf den Küchenfußboden. Krabbe fängt an zu heulen. Lulu schreit sie an, sie soll still sein.

Charleen und Markey nehmen Krabbe hoch und knuddeln sie und tragen sie in unser kleines

Zimmer. Ich kann hören, wie sie ein Riesentheater um Charleens Hut veranstalten, den sie Krabbe aufsetzen. Als die beiden mit Krabbe wieder runterkommen, schwärmen sie, wie niedlich Krabbe aussieht, und sie sieht auch niedlich aus mit ihren orangen Locken, die unter dem Hut hervorgucken, und mit dem strahlenden Gesicht voller Spuren getrockneter Tränen.

Ich nehme Lulus Hand, aber sie zieht sie weg, zum allerersten Mal, seit sie auf die Welt gekommen ist. Sie wendet sich ab.

»Komm mit in Pas Werkstatt, Lulu«, bettle ich.

Aber sie will nicht. Sie kriecht hinter das Küchensofa und lässt sich durch nichts hervorlocken.

Lulu kommt heraus

Am nächsten Morgen sitzen Charleen, Krabbe, Markey und ich auf dem Küchensofa und passen auf Zucker auf, während Ma sich anzieht. Nachts schläft das Baby in einem Körbchen neben Mas und Pas Bett und am Tag neben dem Herd.

Ma sieht müde, aber hübsch aus in ihrem Kleid mit den blassen Rosen darauf. Nachdem sie sich gestern von dem Besuch bei Dr. Michaels ausgeruht hatte, hat Pa ihr alle Briefe vom Finanzamt gegeben und sie hat sich hingesetzt und einen nach dem anderen gelesen, in der Reihenfolge, wie wir sie gekriegt haben. Als sie beim letzten Brief angelangt war, hat sie den Kopf geschüttelt und ihre Arme vor der Brust verschränkt.

Jetzt sammelt sie alle Briefe zusammen, faltet sie in der Mitte und steckt sie in ihre Handtasche. »Ich möchte, dass ihr heute noch mal zu Hause bleibt und euch um alles kümmert.«

»Was hast du vor, Glory?«, fragt Pa.

»Ich gehe zum Finanzamt und rede mit den Leuten«, sagt Ma. »Und in die Schule gehe ich auch.«

Wir staunen über Mas Ton. Sie klingt, als könnte sie in die ganze Welt hinausgehen.

»Gannon, all die Jahre hast du für uns getan, was du konntest. Jetzt werde ich für euch tun, was ich kann.«

Ma ist schon ganz lange nicht mehr alleine aus dem Haus gegangen. Ich kann mich nicht erinnern, wann sie es zum letzten Mal getan hat. Aber Ma sagt zu Pa, er soll sich um seine Arbeit in der Werkstatt kümmern. »Und ihr Mädchen, meint ihr, ihr könnt euch um den Haushalt kümmern? Meint ihr, ihr könnt auf Zucker aufpassen?« Und Ma stillt sie noch einmal, bevor sie geht.

»Das sollte für ein paar Stunden reichen. Ich bin rechtzeitig zurück.«

Zucker legt sich im Körbchen zurecht und Ma deckt sie zu.

»Ich komme wieder«, sagt Ma.

Ma setzt sich ans Steuer des Lieferwagens und

arbeitet sich langsam den Fahrweg entlang, sucht die festen Stellen, wo der Schlamm kaum die Seitenwände der Reifen berührt.

Pa blickt mich und Charleen und Markey an. Wir starren uns gegenseitig an, niemand weiß was zu sagen. Und schließlich seufzt Pa.

»Tja, so ist das«, sagt er, guckt zu Zucker ins Körbchen und langt hinter das Sofa, wo Lulu die Nacht verbracht hat. Sie ist nur rausgekommen, um aufs Klo zu gehen und um ein Marmeladenbrot zu essen. Achselzuckend guckt Pa Charleen, Markey, Krabbe und mich an, bevor er zur Werkstatt geht.

Wir sitzen auf dem Sofa und betrachten eine Weile lang unsere Füße, da sagt Krabbe zu Markey: »Ra?«

»He, Lulu«, sagt Charleen. »Krabbe will Fahrrad spielen.«

Lulu bewegt sich hinter dem Sofa, aber sie sagt kein Wort.

»Komm schon, Lulu«, sagt Charleen.

Aber Lulu reagiert nicht.

»Wie du willst«, sagt Charleen. Charleen und Markey gehen mit Krabbe raus. Ich bleibe sitzen, mit Lulu hinter mir und Zucker im Körbchen neben dem Herd. Das ganze Haus hat einen besonderen Geruch an sich, wie Mas Hals. Wenn wir ausziehen, überlege ich, würde das Haus dann immer noch so riechen? Auch wenn die Frau aus dem roten Auto hier wohnen würde?

Zucker quäkt. Ich gehe schnell hin, sie zappelt in ihrem kleinen Bett. Sachte klopfe ich ihr auf den Rücken. »Schhschh«, flüstere ich. Sie windet sich ein paar Minuten lang. Dann pupst sie. Ganz schön laut für so ein kleines Baby. Hinter dem Sofa kichert Lulu. Ich gucke ins Körbchen zu meiner kleinsten Schwester. Mit einem schiefen Lächeln im Gesicht ist sie wieder eingeschlafen. »Sie sieht aus, als ob sie ganz zufrieden ist«, sage ich.

Lulu drückt am Sofa, so dass es sich ein kleines bisschen bewegt. Sie versetzt ihm mit ihren Füßen kleine Tritte.

»Ich hab gedacht, Pa weiß alles«, sagt sie.

»Na ja, tut er ja auch, jedenfalls fast alles, Lu«, sage ich. »Er kann aus einem Stück Metall alles machen, stimmt's?«

Sie antwortet nicht.

»Stimmt's?«

»Glaub schon.«

»Und er kann die Fiedel spielen, dass du die Füße nicht still halten kannst.«

Wieder Stille.

»Lulu?«

Hinter dem Sofa taucht ihr Kopf auf. Das sieht so aus wie bei der Geburt von Zucker. Nur ein

Kopf ohne einen Körper dran. Nur ein Kopf, der aus dem Sofa geboren wird.

»Warum soll ich dir zuhören? Du hast mich angelogen. Du kannst noch nicht mal lesen.«

»Kann ich doch«, sage ich. »Ein bisschen. Und es tut mir Leid, dass ich dich angelogen habe, Lulu. Wirklich, tut mir Leid.«

Lulu guckt mich an. »Jule, wenn wir nicht in unserem Haus bleiben können, wo wohnen wir dann? In Pas Werkstatt? Auf dem Autofriedhof? Da finde ich's schrecklich. Da kriege ich Angst.«

»Ich weiß nicht, wo wir wohnen werden, Lu, aber du brauchst keine Angst zu haben. Ma und Pa passen auf dich auf. Ich passe auf dich auf. Das verspreche ich dir.«

Und ich merke, ich merke, dass sie mir trotz alledem glaubt.

Durchs Fenster kann ich Markey und Charleen auf beiden Seiten des Fahrrads sehen und dazwischen Krabbe. Sie halten die Kleine auf dem Sitz fest und schieben sie durch den aufgeweichten Garten. Alle drei lachen dabei so laut, dass es durch die Scheibe wie ein Lied klingt.

Ich möchte dieses Haus genauso wenig verlassen wie meine Schwester. Ich möchte nicht, dass sich irgendwas ändert.

»Krabbe fährt auf deinem Rad«, sage ich zu Lulu.

»Zeig!« Lulu zwängt sich hinter dem Sofa hervor und rennt zum Fenster.

Zusammen gucken wir zu, wie Krabbe ihre Beine zur Seite streckt und vor Freude über den Frühlingswind in ihrem Gesicht kräht. Die drei bewegen sich kaum schneller, als sich ein Tropfen bildet, aber Krabbe scheint es gut zu gefallen. Ihr Haar tanzt im Wind.

»Klasse. Jetzt will sie die ganze Zeit damit fahren«, sagt Lulu.

Zucker wacht richtig auf und ich wechsele ihre Windel, eine pechschwarze, bematschte, klebrige, eklige, widerliche Windel. Lulu macht würgende Geräusche, aber sie muss mir trotzdem helfen.

Als wir das Baby schließlich sauber haben, redet Lulu mit dem Baby und schneidet Grimassen, während ich mich wasche.

Ma ist noch nicht zurück. Sie ist noch gar nicht so lange weg, sage ich mir. Das scheint nur so.

Markey und Charleen kommen mit Krabbe rein.

Markey hüllt Zucker in eine dicke Decke und geht mit ihr raus in die Sonne und in die frische Luft. Wir alle halten nach Ma Ausschau, aber niemand redet darüber.

Ich drücke mich eine Weile an der Tür von Pas Werkstatt herum, dann hüpfe ich über den Holzrahmen und gehe rein zu Pa.

»Meinst du, dass Ma Probleme mit dem Wagen hat?«, frage ich. »Meinst du, sie ist im Schlamm stecken geblieben?«

Pa nimmt seine Kappe ab und streicht sich über den Kopf. »Ich glaube nicht, Schatz. Sie ist bald zurück. Keine Sorge.«

Aber ich mache mir doch Sorgen. »Waren sie gemein zu dir in der Stadt, Pa, als du da warst?«

»Sie waren soweit freundlich, Jule. Aber sie haben mich für ganz schön blöd gehalten. Weil ich die Briefe nicht gelesen hatte. Und ich denke, sie haben Recht damit. Ich bin blöd.«

»Du bist nicht blöd, Pa. Du bist genau wie ich. Miss Hamble sagt, bei einigen Menschen laufen die Leitungen im Gehirn anders. Du und ich, wir haben einfach andere Leitungen. Verstehst du?«

Pa nickt. Aber er sieht so aus, als würde er eine zentnerschwere Last auf seinem Rücken tragen.

»Du kannst es lernen, Pa. Ich lerne auch. Ich habe diese Zahlen gelesen.«

Pa nickt. »Vielleicht. Vielleicht könnte ich es. Wenn ich wie du so eine Miss Hamble hätte.«

Aber dann wendet er sich ab, als wäre dies das Letzte gewesen, was er auf dieser Erde sagen würde. Und ich gehe zurück ins Haus.

Einen Weg finden

Zucker zappelt und schnieft und knatscht, sie braucht Ma. Wir alle brauchen Ma.

Ich stecke meinen Kopf in Pas Werkstatt. »Pa, Zucker lässt sich überhaupt nicht beruhigen. Kannst du für sie die Fiedel spielen?«

Pa kommt ins Haus und nimmt die Fiedel und spielt ein langsames Stück. Markey tanzt mit dem Baby. Charleen tanzt mit Krabbe. Ich strecke meine Hände Lulu entgegen und sie nimmt sie. Langsam schaukeln wir nach Pas Musik hin und her. Aber dann spielt Pa ein Lied, das ein bisschen mehr Schwung hat. Wir schaukeln und hüpfen durch die ganze Küche. Zucker hört auf zu schreien und sie dreht und wendet auch ihren Kopf nicht mehr, der an Markeys dürrer Brust lehnt.

Mit weit geöffneten Augen starrt sie uns verrückte Faulstich-Mädchen an, die den ganzen Küchenfußboden zertanzen.

Und dann geht die Hintertür auf und da steht Ma, füllt den Rahmen aus, wie nur Ma es kann. Hinter ihr scheint die Sonne und schlüpft um Ma herum durch die Tür.

Ich schwöre, in dem Moment, in dem Ma die Küche betreten hat, fängt Zucker an so zu schreien, dass es bestimmt bis in die Stadt zu hören ist. Ma setzt sich und nimmt Zucker mit ausgebreiteten Armen auf. Sie küsst die Augen und die Ohren und den Kopf des Babys und legt es zum Stillen an.

Pa legt die Fiedel zur Seite und wir Kinder stellen uns vor Ma, warten darauf, dass sie aufblickt.

»Ma, du warst zu lange weg«, sagt Lulu schließlich.

»Zu, zu, zu«, sagt Krabbe.

Ma blickt auf und ihr Gesicht ist voller Liebe. Die Liebe ist so groß, dass es sich anfühlt, als würde Ma außer Zucker auch uns andere alle einzeln im Arm halten. Diese Liebe strömt von ihr zu uns und ich weiß, ich weiß, dass es uns gut gehen wird, selbst wenn wir nicht mehr in diesem Haus wohnen, selbst wenn wir das kleine Zimmer verlassen müssten, wo meine Schwestern und ich in den beiden zusammengeschobenen Betten schlafen, selbst wenn wir diese Küche verlassen müssten, mit dem großen grünen Sofa und seinen ausgesessenen Kuhlen und seinen Flecken und Brandlöchern, selbst wenn wir Pas Werkstatt aufgeben müssten.

Ich lehne meinen Kopf an Mas Schulter. »Was haben sie wegen dem Haus gesagt, Ma?«

Ma dreht ihren Kopf so, dass sie mir einen Kuss geben kann. Sie drückt mir einen dicken Schmatz auf den Kopf. Fühlt sich gut an da oben, wie ein kleiner Helm, der mich vor allem Unglück schützt, das von oben wohl auf mich herabprasseln möchte.

»Wir müssen sparen«, sagt Ma. »Wir müssen so viel sparen, dass wir den Leuten ihr Geld zurückzahlen können, die unsere Steuerschuld übernommen haben. Danach wird es leichter. Die von der Stadtverwaltung waren ausgesprochen nett. Sie sagen, wenn wir erst mal die alten Schulden bezahlt haben, dann reicht es sogar, wenn wir jeden Monat einen Dollar an die Stadt Redemption zahlen. Wir dürfen nur keine einzige Zahlung mehr versäumen. Sie sagen, wir sollen kommen und mit ihnen reden, wenn wir Probleme damit haben.«

Pa schüttelt den Kopf. »Aber Glory, da sind noch die tausend Dollar Buße. Wie sollen wir das alles bezahlen?«

»Ich habe mit Miss Hamble und dem Schulleiter gesprochen, Gannon. Ich habe ihnen erklärt, dass Jule wegen der Geburt nicht in der Schule war. Und sie haben gesagt: Mrs Faulstich, die können Sie nicht zwingen zu zahlen, wenn Sie nichts haben. Machen Sie sich wegen der Buße keine Sorgen. Niemand wird sie zwingen sie zu bezahlen. Wir wollen nur, dass Sie verstehen, wie wichtig es ist, dass Jule zur Schule geht.«

»Stecken sie Jule jetzt ins Gefängnis?«, fragt Lulu.

Ma sagt: »Sie werden niemand von uns ins Gefängnis stecken, Schatz. Das verspreche ich dir. Aber Jule, Miss Hamble wartet mit dem Stück noch auf dich. Also musst du hingehen, und du musst regelmäßig gehen.«

Ich nicke.

Ma guckt Pa an. »Gannon, du brauchst dir um Geld keine Sorgen zu machen. Du machst einfach deine Teller und deine Krüge und deine Kerzenständer. Du übernimmst jeden kleinen Auftrag, der durch die Tür spaziert kommt. Ich spreche mit allen, denen wir Geld schulden. Wir schaffen es. Du bist ein richtiger Geschäftsmann, Gannon Faulstich, und auch ein guter Mann. Du arbeitest mit deinem Metall und spielst deine Fiedel und wir werden prima zurechtkommen.«

Und in Gedanken sehe ich das rote Auto wenden und den Hügel runterfahren, weg von unserem Haus, für immer.

Ma lässt ihre Augen über uns Kinder wandern. »Und ihr hört jetzt gut zu«, sagt sie.

Zucker lässt die Brust los und fängt an zu knatschen.

Ma legt das Baby an die andere Brust.

Als Ma uns wieder anguckt, ist ihr Gesicht ein bisschen streng. »Hört ihr mir zu?«

Wir nicken.

»Alle«, sagt Ma, »ich meine, alle in diesem Haus werden lesen lernen. Habt ihr verstanden? Hast du verstanden, Lulu?« Ma klingt ernst und sie sieht ernst aus. Sie meint, was sie sagt.

Lulu stemmt ihre Hände in die Seite. Sie macht den Mund auf und will was einwenden. Dann zwinkert Ma ihr zu.

»Und alle, ich meine alle, die schulpflichtig sind, gehen zur Schule.« Ma lächelt mich an und ich lächele zurück.

Miss Deals Klasse werde ich nicht mehr einholen, aber die Kinder, mit denen ich jetzt zusammen bin, sind sowieso netter zu mir. Sie denken nicht mehr, dass ich blöd bin, sondern einfach anders. Das habe ich Miss Hamble zu verdanken. Und vielleicht auch ein kleines bisschen mir selbst. Ma sagt, als Miss Hamble den anderen erzählt hat, ich hätte dem Baby und Ma das Leben gerettet, hätten die Kinder in meiner Klasse gesagt, ich würde später bestimmt eine berühmte Ärztin werden.

Aber das weiß ich besser. Ich bin froh, dass das mit Ma und Zucker gut gegangen ist. Aber wenn ich wählen könnte zwischen Ärztin und Schlosserin, würde ich lieber in Pas Werkstatt sein, mit dem Geruch und den Geräuschen, die das Metall macht, wenn es sich so bewegt, wie ich es will. Ich stelle mir das so vor: Wenn ich jetzt schon Metall biegen kann, was wird dann sein, wenn ich zwölf bin?

Vielleicht kann ich auf der Fiedel spielen.

Vielleicht kann ich meiner kleinsten Schwester ganz alleine ein ganzes Buch laut vorlesen. Und sie wird mich angucken, wie wir alle Pa angucken, wie wir alle Ma angucken.

Die Sache ist die, ich muss nicht Ärztin werden oder sonst was Besonderes, um glücklich zu sein. Ich brauche nur Jule zu sein. Einfach Jule. Und das reicht.

Inhalt

Freundschaftsgeschichten

Band 70453 Ab 10

Nichts geht über gute Freunde!
Zusammen die Welt erobern, durch dick und dünn gehen, Geheimnisse teilen oder einfach nur gemeinsam Blödsinn machen. Aber was ist, wenn die beste Freundin plötzlich nichts mehr von einem wissen will, der beste Freund einen einfach im Stich lässt? Wenn es zum ersten Mal so richtig kracht? Von Freundschaften mit all ihren Höhenflügen und Bauchlandungen – davon erzählen diese 12 Geschichten. Mal spannend, aufregend, mal vergnüglich, turbulent und manchmal etwas nachdenklich.

dtv junior Klassiker

Band 70547

Band 70548

Band 70549

Band 70550